La main de Tristan

Les éditions des Busclats se proposent de publier des écrivains reconnus à qui elles demandent de faire *un pas de côté*. D'écrire en marge de leur œuvre, un texte court – récit, essai, nouvelles, lettres... – qui sera, selon leur cœur, une fantaisie, un coin de leur jardin secret, un voyage inattendu dans leur imaginaire.
Cependant les éditions des Busclats ne s'interdisent pas d'ouvrir leurs pages à des inédits de grands écrivains disparus, ni de se laisser séduire par des textes d'écrivains inconnus et prometteurs.

www.editionsdesbusclats.com

ISBN 978-2-36166-070-3
Conception graphique :
Benoît Gillain

Olivier Steiner

La main de Tristan

ÉDITIONS DES BUSCLATS

DU MÊME AUTEUR

Bohème, Paris, Gallimard, 2012.

La Vie privée, Paris, Gallimard, 2014.

À Laurence Tardieu

Cette même nuit, il se leva, prit ses deux femmes, ses deux servantes, ses onze enfants et passa le gué du Yabboq. Il les prit et leur fit passer le torrent, et il fit passer aussi tout ce qu'il possédait. Et Jacob resta seul. Quelqu'un lutta avec lui jusqu'au lever de l'aurore. Voyant qu'il ne le maîtrisait pas, il le frappa à l'emboîture de la hanche, et la hanche de Jacob se démit pendant qu'il luttait avec lui. Il dit : Lâche-moi, car l'aurore est levée, mais Jacob répondit : Je ne te lâcherai pas, que tu ne m'aies béni. Il lui demanda : Quel est ton nom ? – Jacob, répondit-il. Il reprit : On ne t'appellera plus Jacob, mais Israël, car tu as été fort contre Dieu et contre tous les hommes et tu l'as emporté. Jacob fit cette demande : Révèle-moi ton nom, je te prie, mais il répondit : Et pourquoi me demandes-tu mon nom ? et, là même, il le bénit. Jacob donna à cet endroit le nom de Penuel, car, dit-il, j'ai vu Dieu face à face et j'ai eu la vie sauve. Au lever du soleil, il avait passé Penuel et il boitait de la hanche.

Genèse 32, 24-32

On dit qu'il est mort à l'hôpital un lundi, qu'il s'y est rendu seul, la veille il était encore chez lui et travaillait, épuisé, prenait des notes pour sa prochaine mise en scène. On dit qu'il n'avait rien prévu rien préparé concernant la mort sa mort, pas de testament aucune dernière volonté. On dit beaucoup de choses. Le cercueil fait son entrée sur une marche de la Semaine Sainte à Séville, silence.

C'est un silence qui fait trembler la peau, l'intimide, la fait doucement frissonner sous les vêtements. Quand il s'arrête c'est le craquement si particulier du vieux bois des chaises d'église, un bruit que j'aime, venu de l'enfance, petit orchestre qui s'accorde. Je me rends compte que nous n'avons jamais parlé de la mort, lui et moi, pas vraiment je veux dire, pas directement, même par écrit. Nous parlions plus volontiers de la jeunesse, du spectacle éblouissant de la jeunesse. Dans son regard je la voyais mieux, à travers son regard j'avais l'impression de la comprendre, la jeunesse et son électricité toujours nouvelle, surprenante, comme illimitée. Nous regardions la jeunesse, toutes les sortes de jeunesses, parfois gravement, parfois de façon amusée, excitée. Nous partagions ce secret de la chaude douleur qu'elle provoque dans le ventre de ceux qui d'aventure l'aperçoivent, ici ou là, dans la rue, dans un hall de gare ou de théâtre, dans le métro, dans la nuit aussi bien. Nous n'avons jamais fait de la mort un sujet de discussion, peut-être parce qu'elle planait tout le temps au-dessus de nos têtes, et nous le savions. Peut-être n'y avait-il rien à ajouter. Peut-être étions-nous sages ensemble, ou bien prudents ? Il est mort un jour d'octobre, à Clichy, il avait 68 ans.

D'abord lointaine comme une rumeur populaire, la musique grossit à mesure que le cercueil avance. C'est une marche saccadée, lourde, légère, ça avance et ça finit par remplir tous les volumes de l'église. Si l'on ferme les yeux c'est Séville et le mois de mai, les soirées dorées à la lumière des flambeaux, quand on les rouvre c'est Paris et les premiers froids, l'été qui s'achève fut bien long et bien chaud. Comme chaque année la température a chuté d'un coup, comme chaque année on est surpris par la rapidité des saisons. Le cercueil progresse lentement, parade de Fellini ou cortège de Kusturica, l'image dure pendant toute la traversée de la nef. C'est la dernière progression d'une vie qui a cessé, c'est une procession païenne, belle, ample.

Dehors sur la place Saint-Sulpice les gens attendent, se serrent contre les barrières. Ils auraient pu penser à nous, déplore une dame, ils auraient pu installer un grand écran… Un homme parle de son Platonov monté aux Amandiers à la fin des années 80. Les gens attendent. Le cercueil remonte l'allée centrale, il est porté par six garçons en costume noir, des comédiens du Jeune Théâtre National. Au bout de l'allée des corbeilles de fleurs blanches attendent sans arrogance. La musique s'éloigne, s'amenuise, un moment de suspension et au-dessus, la vie, la mort, cette chose un peu bizarre et douteuse qu'on appelle le destin.

Depuis le fond de l'église je ne vois que des dos, des nuques, des cheveux gris, des manteaux sombres. Je baisse la tête et je revois la scène du mariage forcé de Margot la catholique, elle sera reine et épousera un protestant, une union pour la paix dans le royaume. Je revois les fraises blanches autour des cous, la lumière filtrée dans les vitraux de Notre-Dame, du doré et des tons sombres. Ce mariage est une pause juste avant le grand déchaînement de la haine, la nuit de la Saint-Barthélemy. Il filmait des gloires venues de toute la peinture religieuse, il filmait la violence et la peur, la menace de la violence mélangée au désir. Il poussait les corps aux derniers retranchements de leur chair et de l'esprit, pour qu'ils livrent leur essence même. Je revois l'épaisseur des tissus, les lourdes soies brodées, le carcan de Margot, son froissement ; rouge de la robe de mariée et lèvres boudeuses, parfaites, Margot Isabelle, pour toujours reine de l'effroi et de la passion.

Il n'avait rien prévu concernant la mort la sienne, lui si prévoyant et prévenant, qui savait organiser, orchestrer diriger, cette fois pas la moindre directive. Il n'avait que les chantiers en cours, des projets pour le présent l'avenir, une pièce, un film, un nouvel opéra, un nouvel amour. Des choses pour la vie, choses pour et avec les autres, la mort n'avait pas de place dans l'agenda. Dans cette église pleine à craquer, en ce matin humide, tout le monde est d'accord : la mort a osé couper *la ligne de vol du poème* tandis que la voix de la Waltraud Meier s'élève, s'élève dans l'église. Son Isolde, sa Clytemnestre, chante *Im Treibhaus* et *Träume* de Wagner, et l'allemand que je ne comprends toujours pas. Une heure se passe, peut-être plus, je me rappelle qu'une jeune actrice a lu un sonnet de Shakespeare, une voix grave a récité le psaume 12, *Vas-tu m'oublier ?* Ce fut ensuite une cantate de Bach puis la prière de l'assemblée, action de grâces, Notre Père, dernier adieu. Le cercueil est redressé puis, après un demi-tour, a lourdement quitté l'église.

Quand il apparaît en haut des marches, la foule sur le parvis se met à applaudir, ça dure de longues minutes, on entend des bravo, bravo ! Ce sont des rappels, son public le rappelle, veut le retenir. Je pense aux rappels de Bayreuth dont on raconte qu'ils avaient duré cinquante-trois minutes lors de la dernière, le public alors debout, en liesse. La *Tétralogie* montée pour le centenaire en 76 avait commencé par le scandale et des menaces de mort, elle s'était terminée en légende, il avait 31, 34 ans. Cinquante-trois minutes d'applaudissements, comment est-ce possible ? Il est de ces êtres dont on dit qu'avec eux il y a un avant et un après, exactement comme avec les événements, un avant et un après.

Le fourgon mortuaire vient de démarrer, l'inhumation aura lieu au cimetière du Père-Lachaise. Je fais quelques pas du côté du Café de la Mairie, je croise des amis, des connaissances, des visages connus. Il y a beaucoup de célébrités, des artistes, des politiques, des gens des médias et de la culture. Dire les noms, faire une liste ? Difficile à manier les noms, ça troue la page, ça déroute, ça brûle le papier. Le fait est que je suis déjà en train d'écrire sur cette place au milieu de tout ce monde. Je pose des mots les uns à la suite des autres, dans ma tête, des mots qui hésitent, qui sont impressionnés, qui saignent. Je vois venir les problèmes de morale, les problèmes d'éthique, esthétiques, les problèmes des problèmes. Trouver le moyen de dire les vrais noms des vrais gens sans déranger ni offusquer personne, le faire comme un lâché de ballons, de lanternes chinoises dans le ciel, un départ de montgolfières ? Il se met à pleuvoir, de la neige fondue, l'hiver approche.

Je prends la rue Bonaparte sur la gauche, je continue tout droit, je traverse la rue de Vaugirard, je me faufile entre deux voitures, j'entre dans le jardin du Luxembourg, la pluie s'arrête. Je me sens dans un drôle d'état, ce n'est pas de la tristesse, c'est… Les choses m'arrivent par touches, comme des petits coups de pinceau, il y a des amas de couleurs, beaucoup de sensations contradictoires. Je regarde les petits massifs de rosiers jaunes, les capucines, des fleurs en automne. Je vais m'abriter près de la fontaine Médicis, je tourne autour du Sénat, quelques joggeurs en Nike, la ville est là, elle continue autrement, elle n'avait pas cessé. Les applaudissements bourdonnent dans mes oreilles puis tout se tait petit à petit, s'apaise. Je suis maintenant au niveau des jardins de l'Observatoire, à l'angle de la rue Michelet, une fillette rousse rigole sur un poney. Je m'installe sur un banc, je fume. La fillette réclame un second tour, le père n'est pas d'accord, caprice. Je sens que quelque chose monte, comme une vague envie de rire nerveusement, ça s'arrête au bord. Je me sens finalement plus calme et plus fatigué, un peu démuni. C'était impressionnant, tout Paris était là, l'Europe, il y a encore quelques minutes, je ne me suis déplacé que de quelques centaines de mètres et c'est déjà un autre monde. Les proches, la famille et les officiels sont partis au Père-Lachaise, je suis là avec le poney, la petite fille, un certain tournis. C'est un peu comme l'aurore à la campagne avec Françoise il y a quelques années, des traînées de rose dans le ciel. Du rose et du ciel.

Port Royal, boulevard du Montparnasse, je passe devant la Closerie, je continue, envie d'aller boire une vodka. Sur le large trottoir les visages des anonymes remplacent les visages connus, tous ces gens du boulevard du Montparnasse pourraient tout aussi bien être des célébrités, la différence tient à quoi ? À pas grand-chose, un pas grand-chose dont je me fous finalement. Marc Dachy sort de la librairie Tschann, nous nous embrassons, nous parlons, de lui bien sûr, des obsèques, de la vie, la maladie.

Marc me dit quelques mots à propos d'un surréaliste, c'est au sujet de la perte, c'est simple et profond mais j'oublie aussitôt la phrase et le nom du poète. Nous allons pour nous quitter mais Marc me retient, m'attrape le bras, d'un coup il me dit d'aller vers ce qu'il y a de limpide en moi. Il y a toujours du limpide en vous, Olivier, c'est votre direction. La phrase m'impressionne, me fait rougir, je ne suis pas sûr de comprendre, je bredouille un merci. Je m'arrête au Select et je demande au serveur des nouvelles du gros chat Mickey, on m'apprend qu'il est mort il y a quelques semaines à presque vingt ans, pauvre matou tigré, gros chat gros et gras. Je bois ma vodka glace au comptoir, à la mémoire de ceux qui s'absentent, animaux et humains, je grignote quelques chips. La vodka brûle un peu mon ventre vide, ça divague doucement dans ma tête. Je me laisse aller à penser ce qui vient, le tout-venant, l'informulé. On pense et on dit n'importe quoi quand on enterre une personne aimée, mais je me dis que ce n'importe quoi n'est jamais vraiment n'importe quoi.

Tissage, reprise. Le beau rituel juif de la Quériah où il s'agit, après la mort d'un proche, de déchirer ses vêtements durant les sept jours du deuil. Lentement, délicatement. À l'issue de ces sept jours, l'endeuillé doit recoudre les pièces en prenant soin de laisser visibles les reprises et les coutures. Ce que je fais en sautant un paragraphe. L'axe du regard est une aiguille. Parfois le chas de l'aiguille est trop grand, parfois trop petit, trop fin. Le fil alors se plie, rechigne, refuse. Il faut insister, ne pas lâcher, continuer d'écrire en s'appuyant sur ce qui apparaît, noter, oublier, dormir puis reprendre. C'est ainsi que des souvenirs enfouis reviennent à la surface, comme des noyés dans l'eau qui réapparaissent un jour, se mettent à flotter. Tout est là, en vrac, depuis le début, toutes les images. Certaines seront développées comme en photographie, d'autres resteront invisibles et négatives, dans le limon de la mémoire. Je suis né à Tarbes à la fin des années soixante-dix, je m'appelle Jérôme Léon, un nom d'état civil, le vrai et le faux nom. Depuis vingt ans je vis à Paris, je m'appelle Olivier Steiner, un pseudonyme, le vrai et le faux nom.

René Char : *Nous sommes ingouvernables. Le seul maître qui nous soit propice, c'est l'Éclair, qui tantôt nous illumine et tantôt nous pourfend.*

L'histoire c'est d'abord un sourire dans un théâtre en banlieue parisienne, puis un regard plus grave dans un musée en Espagne. Je n'ai plus que ces deux images, des survivantes, je les regarde, je les pose devant moi. Je refais l'ourlet, je remonte le temps. Maintenant nous sommes dans cet autre café, ce n'est plus du tout le Select, nous sommes en 2010 soit trois ans plus tôt. Il est bel et bien vivant, c'est la rue du Temple, le printemps, le Marais, à cette époque j'ai les cheveux un peu longs bouclés. Nous sommes en terrasse à l'ombre. Je ne sais plus de quoi nous parlons, on passe d'une chose à l'autre, on se donne des nouvelles. On mate les garçons et les filles qui glissent sur le trottoir, on boit. Je lui demande des nouvelles de Dominique, je lui parle d'Annie Ernaux. Je peux te demander ce que tu portes comme parfum, ça sent vraiment très bon. Penhaligon ? Connais pas. On mate la jeunesse et les moins jeunes, les gens qui passent. On commente la mode des barbes sur les visages des garçons, tu as vu ? Parfois on dirait des enfants barbus, rien que de grands enfants barbus… D'un coup, juste après une hésitation : Tu sais, monter une pièce ou un opéra c'est pas si compliqué finalement. Je suis étonné par la déclaration, on pourrait la croire immodeste mais non, c'est dit avec une sorte de résignation, presque une déception. Avec le pilon en plastique rouge j'écrase les feuilles de menthe dans le verre de *mojito*, il ajoute : À condition d'être bien entouré, bien sûr. Je glisse mes doigts dans le verre pour attraper les feuilles écrasées – c'est mal élevé mais j'adore ça, la menthe fraîche – je mâche, je broute, je me tais parce que je ne trouve rien d'intelligent à dire. Il poursuit : Mais toi qui aimes tout savoir, il y a quand même un secret… Ou plutôt deux secrets. Le premier est évident, c'est la lecture, le texte. Il faut se taper le texte, toutes les traductions possibles, les lectures. Faut longtemps rester à la table, pas bouger, même si on a déjà beaucoup d'idées et des impatiences dans les jambes… Il ne suffit pas de déchiffrer, il faut lire en aimant, en essayant d'aimer, en s'efforçant d'aimer, avec goût, envie, désir… Tu vois ? Viennent ensuite les personnages et l'histoire. L'histoire, très important, il faut raconter une histoire, redonner vie à l'histoire, la rendre actuelle et crédible, pas seulement revisiter comme ils disent… Tu sais pourquoi il faut des histoires ? C'est ça qui rentre dans les têtes, les histoires avec des comédiens, des trajets ! Alors rentrer dans le texte, comme une réécriture, et il faut tout de suite aller vers ce qui rassemble et comprendre comment les mots ont été posés, d'où ils sont venus, pourquoi ceux-là et pas d'autres… Et après les mots on s'occupe des phrases, puis des tirades. Enfin y'a le micro et le macro, faut les tenir tous les deux chacun dans une main, ensemble, tenir fort, trouver la bonne tension, ne rien lâcher. Pas trop de micro, pas trop de macro, ce qui veut dire pas trop de fini, pas trop d'infini. Ensuite on peut revenir au silence, le laisser planer, même dans une parole, le silence tout autour, toujours, au-dessus et sous-jacent… lui laisser le dernier mot. Le deuxième petit secret, tu vois, c'est un problème qu'il faut résoudre à chaque fois pour la première fois, pas de recette toute faite – enfin il faudrait qu'il n'y en ait pas – il s'agit de comment faire entrer tel personnage et comment le faire sortir. Et c'est partout pareil : dans un roman, un texte, une pièce de théâtre, un opéra, un film ou une sonate, il faut inventer le point d'entrée et le point de sortie, le comment et le pourquoi des êtres, des corps. Il y a longtemps j'avais un problème sur une scène des *Paravents*, et il se trouve que Genet était là dans la salle ce jour-là, il n'est venu qu'une ou deux fois. Je lui ai demandé ce qu'il en pensait. Il a réfléchi puis a dit : Le personnage pourrait faire exactement la même sortie tout en parlant, mais à reculons, comme si c'était naturel de partir à reculons, ne jamais perdre le visage, vous voyez ? Voilà, ma scène était résolue. Le truc merveilleux c'est qu'à chaque fois c'est complètement différent, unique. Pas de répétition en fait, même si officiellement y'en a beaucoup. Pas d'ennui, jamais. S'ennuyer est une faute grave dans ce métier, c'est péché mortel pour parler comme les curés. Et ça, rien que ça, tu vois, moi ça me rend la vie désirable... c'est pas plus compliqué. Bon, on reprend deux *mojitos* ? Tu vois comment tu es ? Tu me fais parler comme un vieux con de masterclass !

Il aime parler au plus juste. Il se méfie des grands échafaudages de la pensée, les prouesses intellectuelles, théoriques. Il est intelligent mais n'aime pas les cabrioles abstraites. Il n'aime pas se perdre et perdre du temps. Mais il ne faudrait pas croire qu'il est simplement terre à terre, à ras du sol, il est tout sauf ça. Disons que sa façon de s'élever est toujours terrienne, c'est un sculpteur, il a besoin de s'appuyer sur quelque chose de concret, Rodin. Comme Rodin il arrache les formes en laissant apparaître leur caractère arraché. Avec lui la matière n'est jamais loin, il y a toujours quelque chose de palpable, de lesté, même dans un mouvement ou un regard. Il s'y accroche, s'agrippe. Donc il parle au plus juste, au plus près du corps, et il sait le faire sans réduire ni les idées ni les faits.

Le point d'entrée c'est cet autre jour tout banal, nous sommes toujours à Paris mais Île de la Cité, c'est la fin du mois d'octobre 2007. Depuis six mois je vis dans une chambre de bonne à Gambetta dans le XXe arrondissement, 550 euros charges comprises, je travaille du mercredi au dimanche dans une boutique, *Quasimodo Souvenirs*, rue d'Arcole face à l'Hôtel Dieu. Le lundi et le mardi, j'écris. Le reste du temps je vends. Des babioles, des conneries, des Notre-Dame en miniature, quelques aquarelles, des tours Eiffel de toutes couleurs et tailles. C'est pas mal comme boulot, pas mal dans le sens où ça pourrait être pire, j'ai connu pire. Au moins je suis seul dans ce magasin, on me laisse tranquille, et je suis libre de penser à ce que je veux. Ce n'est pas le malheur, ce n'est bien sûr pas le bonheur, c'est la médiocrité. Je vivote. J'écris des textes, en secret, des bouts de textes, des débuts fulgurants qui avortent. Pour me donner du courage je lis et relis Annie Ernaux ou Jean Echenoz, le plus souvent à voix haute, comme des petites religions. Je ne sais pas pourquoi je fais ça, je veux dire que je ne sais pas pourquoi ça me fait autant de bien, peut-être cette stabilité dans leurs phrases, leur justesse, la forme ? J'ai 31 ans dans cette boutique et j'attends que quelque chose se passe. Comme dans les contes de fées j'ai l'impression que quelque chose va se passer, que ça va venir du ciel, c'est bête mais l'impression est forte : le pressentiment physique d'une bonne étoile quelque part, une sorte de confiance sans fondement, une croyance absurde, j'attends en général. En particulier aussi, ce jour-là, j'attends, le client, la fin de la journée, de la pluie. Derrière ma caisse, je feuillette le journal, je fais défiler la timeline de Facebook. Justement un ami vient de partager un lien. Les noms, d'abord, dans le désordre : Dominique Blanc / Patrice Chéreau / *La Douleur* / Marguerite Duras / lecture / Théâtre Les Gémeaux à Sceaux, 20h30. J'appelle le théâtre, il reste quelques places sur liste d'attente, je m'inscris. Après c'est flouté, j'ai dû attendre 19 heures, peut-être que j'ai regardé la pluie. Dans le RER qui me transporte à Sceaux me revient un vers de Baudelaire : *Quand le ciel bas et lourd pèse comme un couvercle*... Je prends une photo dans le wagon, le beau visage d'un passager, visage paysage un peu triste et mou.

Ce n'est pas Lui qui m'attire en premier, même si j'ai de l'admiration et un profond respect, bien sûr. Ce n'est même pas Dominique Blanc que pourtant j'adore. Non, je crois que je suis d'abord intéressé par *La Douleur*, ce texte lu et relu mais que je n'ai jamais entendu sur scène. Puis il y a que c'est une lecture, à Sceaux, dans ce théâtre, cette ville que je ne connais pas, il se trouve que ce soir-là j'ai envie de quitter Paris pour un lieu inconnu, une lecture, seul, un soir, qu'on me lise quelque chose, qu'on me raconte une histoire, même si je la connais. Comme les enfants, je préfère les histoires que je connais déjà. C'est le plaisir de la répétition, être bercé par le même, dans le même, ce même toujours changeant. C'est aussi l'idée et l'envie d'un déplacement, un voyage aussi petit soit-il.

Sur la scène : une table en bois, plutôt grande, rectangulaire, plusieurs chaises – des chaises d'école ou d'église –, une belle lumière qui vient de loin, bleutée. C'est une grande cuisine dans une maison de campagne, c'est un appartement, un hall de gare ou c'est rien, partout, un terrain vague aussi bien. Ils arrivent, texte à la main, s'asseyent, se regardent, elle commence. Elle est aussitôt parfaite, Dominique Blanc, je la trouve parfaite, juste. Elle fait entendre les mots comme on les entend rarement, on dirait qu'elle les éclaire, les soulève comme pour nous les présenter, ce faisant elle débarrasse Duras de cette rengaine qui est devenue un tic, une Chantilly sonore. Lui, c'est encore autre chose, il est dans la précision des phrases, il les envoie comme des flèches, en montre les arêtes, les contours et la douleur, la durée qu'elles contiennent. Par moments il y a des traînées dans sa voix qui pourraient faire penser à des plaintes, une lamentation qui serait active, virile. C'est très particulier, difficile à décrire, c'est aimant et c'est dur à la fois, c'est sans concession.

Il fouille le sentiment, jusqu'à l'os. Quatre ou cinq rappels, applaudissements, je vois son sourire, radieux. J'ai une drôle de sensation, je dirais un regain d'énergie, une joie soudaine. Une femme devant moi parle à sa voisine, j'entends les mots *horreur, malheur, souffrance*, elles ont pleuré et se le disent. Je n'ai pas pleuré, est-ce que j'aurais dû pleurer ? Tout est passé d'un seul trait. Pendant une heure environ je me suis senti dans la tête de Duras, près du corps de l'écrivain rongé par l'attente interminable, écartelé entre l'espoir, l'affolement et la panique, la raison durcie par l'angoisse, s'obstinant à refuser le pire, coincée dans ces escaliers de la rue Saint-Benoît. Je suis heureux de voir que l'écriture et le théâtre peuvent aller aussi loin, ça me semble une bonne nouvelle, une démonstration éclatante. Duras écrit que la mort rôdait : *Il fallait y aller doux avec elle, avec délicatesse, tact, doigté.*

Quelques pas dans le hall, au hasard, je vais prendre un verre au bar. Au bout d'un moment il arrive, nuage rapide qui passe devant le soleil, tous les regards vers lui. Il virevolte à droite, à gauche, embrasse des amis. Dominique Blanc n'est pas loin, retenue par une spectatrice qui fait de grands gestes avec les bras. Il écoute gentiment les gens qui viennent lui parler de la lecture, à sa tête penchée je vois que c'est parfois un peu lourd mais il écoute quand même, avec patience, résignation, c'est l'impression qu'il donne. Il s'approche du comptoir, commande un Perrier, je tourne la tête. Il me sourit, je souris. Je rougis, je baisse les yeux.

Bernard-Marie Koltès : *(...) en toute fin de compte n'existe que le fait que vous m'avez regardé et que j'ai intercepté ce regard ou l'inverse, et que, partant, d'absolue qu'elle était, la ligne sur laquelle vous vous déplaciez est devenue relative et complexe, ni droite ni courbe, mais fatale.*

Il se fait tard et je ne voudrais pas rater le dernier RER. Je me dirige vers la sortie, puis je m'arrête. C'est le précipité d'un passage à l'acte. Sans réfléchir je note mon numéro de téléphone sur un bout de papier. Je ne signe pas, j'ajoute à bientôt avec un point d'interrogation. Je fais demi-tour, je fonce. Il parle avec quelqu'un, je reste en retrait, embarrassé. Il le remarque, se retourne, sourit encore. Je tends le papier plié en quatre, mon 06, C'est pour vous, je fuis. Pourquoi ce soir-là ? Je l'ai déjà croisé, plusieurs fois, dans la rue, dans des restaurants, une fois dans le train, je me rappelle, le Thalys. Il y a même cette époque où j'étais comédien, je faisais le comédien alors « choper Chéreau », ça aurait pu avoir du sens, ambition oblige, question de survie, ambition… Mais je n'en ai jamais eu ni l'idée ni l'envie, vraiment, j'avais l'impression, je crois, qu'on n'était pas dans la même dimension tous les deux, pas le même monde, la même époque, pas sur le même fuseau horaire. Il m'arrivait de le croiser dans Paris, le plus souvent rue Rambuteau ou rue des Archives, je me disais qu'il avait l'air sympathique, c'est tout. Lui, il ne me voyait jamais. Il semblait pressé, toujours occupé préoccupé, l'homme pressé, seul avec des dossiers sous le bras ou accompagné d'un jeune homme brun, à chaque fois un nouveau, un autre.

Il répond dans la nuit : Vous êtes bien l'auteur du petit mot d'après *La Douleur* ? Je ne vous réveille pas ? Le fait est qu'il me réveille, c'est un bonheur. Nous échangeons plusieurs textos, je lui parle du spectacle, de la lecture, on parle de Duras dont il n'est pas fou, il me pose des questions, demande comment je m'appelle, veut savoir qui je suis. Il dit qu'on ne peut pas se voir car il part tôt le lendemain matin pour Milan, il va monter le *Tristan* de Wagner. Il dit qu'il revient dans deux mois. Ça commence comme ça, très vite. Il n'était pas là, puis d'un coup il est là, d'un coup il n'y a plus que Lui, sur lui je mets une majuscule, dans ma tête, dès cette première nuit. Pendant ces deux mois nous allons nous écrire chaque jour un peu plus un peu mieux, des sms, des mails, des lettres qui mettent une semaine à arriver, nous maudissons la poste italienne. Puis un jour on s'appelle. Je déteste le téléphone mais je n'ose pas refuser. Nous nous parlons dans la nuit, pendant trois heures, le temps coagule, nous tombons amoureux. Nous tombons amoureux car nous finissons par nous le dire. Se le dire, se l'écrire, le déclarer, ça décuple le sentiment. Peut-être même que ça le crée de toutes pièces. Peut-être qu'il y a un mot, amoureux, un vocable qui ne recouvre rien mais dès qu'on le dit avec sincérité, quelque chose surgit, advient, on succombe. Comme une drogue. Il se trouve que nous sommes de la même espèce, amoureux de l'amour, lui autant que moi.

Novembre et décembre 2007 sont un crescendo irrésistible. Wagner en fond sonore, le prélude de *Tristan* – ce prélude qui ne prélude à rien et donc à tout –, les vagues qui déferlent dans la nuit du deuxième acte, le bateau dans la houle, les côtes de Cornouailles, les envolées lyriques et la sublime accalmie du *Liebestod*, quand Isolde meurt en amour, s'élève, atteint l'extase, s'élève encore avant de s'écrouler, morte, mieux que morte, retrouve Tristan dans l'éternité. Ces moments-là dans une vie, la passion, l'état amoureux du début qu'on appelle de grâce lorsque même les couleurs changent de nature, s'intensifient de façon incroyable, c'est ce qu'il y a de plus difficile à écrire. On est vite mièvre, pathétique. On ne sait pas doser le sentiment. On veut dire l'or et c'est la guimauve, la barbe à papa. Il faudrait savoir écrire comme Rimbaud, Racine ou Baudelaire, un mélange des trois serait la perfection absolue.

Plus tard, beaucoup plus tard il m'écrira qu'il se souvient, il a aimé mon geste quand je lui ai tendu le bout de papier avec mon numéro de téléphone, il a aimé me voir avancer vers lui, sans hésiter. Mon regard sombre, mon sourire intimidé, ma barbe naissante, l'allure que j'avais ce soir-là, ce mélange de maladresse, de douceur, de brutalité. Il a aimé que je me sois contenté de dire : C'est pour vous. Il a aimé que je n'aie rien ajouté, ni bonsoir ni au revoir, abrupt, pas un mot sur le spectacle. Mon audace, ma fierté, il les a reconnues. Il a pris le papier parce qu'il n'avait pas le choix, ou bien il a aimé l'idée de n'avoir pas le choix.

Il signe p. ou parfois pc en minuscules mais c'est lui, je veux dire que c'est lui quand même, c'est lui, je me répète car j'ai du mal à m'en remettre. Je ne suis pas un ange encore moins un innocent alors je me soupçonne, qu'est-ce que je cherche, qu'est-ce que j'attends, est-ce que j'ai une stratégie, même inconsciente ? Je suis le fils d'un peintre en bâtiment et d'une mère qui garde des enfants, dans la vie je fais vendeur de souvenirs sur l'Île de la Cité, mes parents n'ont pas fait d'études, ils vivent dans un HLM à Tarbes dans les Hautes-Pyrénées, j'ai une grand-mère d'origine gitane, manouche, et un grand-père paternel d'origine catalane. Ma mère écoute Richard Anthony en faisant la poussière, j'écoute Richard Wagner en lui écrivant, lui qui est à la Scala, moi dans ma boutique pour touristes le jour, dans mes 8 mètres carré la nuit. Tout ça se bouscule dans ma tête, je ne voudrais pas faire la pute, le gigolo, la groupie, je ne voudrais pas… Bon, j'arrête de m'accuser, narcissisme encore, je continue, on continue, on s'élève tous les deux, j'ai du plaisir et il dit que je lui fais un bien fou, où est le mal ? Peut-être que ça pourrait être simple ? Dans un sms il m'écrit : Répétitions depuis ce matin, je vous suis, vous me précédez, je vous accompagne. Les traces de vos pas sont partout auprès de moi. Je pense à vous, que faites-vous ?

Il est doux son vous, si doux que je ne dors plus ou si peu, plus besoin de dormir, sa douceur est une source d'énergie renouvelée. Léger, si léger, je n'ai plus faim, j'oublie de manger, j'arrive en retard le matin au travail, je m'en fous. Maintenant je vole, dans tous les sens du terme. Quand je fais une vente en espèces je n'enregistre pas le produit et l'argent va dans ma poche. Je m'offre le coffret de sa *Tétralogie*, je m'offre ses films, tous ceux que je trouve en dvd, j'achète *Tristan* dans toutes les versions possibles : Karajan, Carlos Kleiber, Barenboim… Je me plonge dans le livret, j'achète des livres sur la légende, je me spécialise. Je m'essaie même à l'allemand rapide par la Méthode Assimil. Désormais chez *Quasimodo Souvenirs*, c'est Wagner du matin au soir, j'augmente le volume sonore quand j'ai trop de clients, c'est bien ça les fait fuir, comme les ultrasons chassent les souris. Je ne mesure pas encore combien sont noires et profondes les eaux wagnériennes. Je le saurai plus tard, beaucoup plus tard, quand il sera trop tard. Les jours passent, entre deux connections Facebook je relis les *Lettres de la religieuse portugaise*, maintenant je comprends tout parce que je suis devenu hyper intelligent, je n'avais rien compris lors de ma première lecture. Avec lui j'atteins l'âge adulte. Est-ce que j'existais avant lui ? Le fait est que je me pose la question.

Stendhal : *Il faut aimer comme la religieuse portugaise, et avec cette âme de feu dont elle nous a laissé une si vive empreinte dans ses lettres immortelles.*

Aujourd'hui, avec le recul, je crois que s'il n'y avait pas eu *Tristan* comme une formidable concomitance, une fabuleuse chance, rien de tout cela n'aurait existé. Nous nous serions peut-être rencontrés mais sans le prisme de l'opéra, nous ne nous serions probablement pas enflammés, pas comme ça, nous n'aurions jamais pu nous hisser à de telles hauteurs. Car *Tristan* est partout, à la Scala et dans nos sms, nos appels, nos lettres, dans cette rue d'Arcole à Paris, dans cet hiver et dans la distance. Nous parlons de Tristan et d'Isolde comme s'ils étaient des proches, nous les suivons, nous essayons de les comprendre, peut-être que nous les imitons. Si nous avions banalement pris un café ensemble après *La Douleur*, j'aurais peut-être terminé dans son lit mais nous ne nous serions pas rencontrés, j'en suis presque sûr. Nous nous écrivons des choses folles et nous avons la folie de les croire. Est-ce que nous nous écrivons ce que nous rêvons de lire et d'écrire ? Il dit qu'il a déposé mon empreinte dans telle scène de l'acte II, que les traces de mes pas sont partout dans l'acte III, quand Tristan met ses mains sur les yeux d'Isolde, c'est lui qui fait et refait ce geste avec moi. C'est dit, c'est écrit donc ça existe, c'est réel, c'est physique.

Entre deux clients je google son nom. J'apprends qu'il est né le 2 novembre 1944, à Lézigné, un petit village de 350 habitants dans le Maine-et-Loire. Je tape Lézigné, je regarde la carte, j'ouvre des fenêtres. Je lis que Claudel a parlé d'un pays de coteaux modérés mais amples et prenants. J'apprends que son père, Jean-Baptiste Chéreau, était peintre, artiste peintre. Sa mère, Mady, était dessinatrice. Sa grand-mère maternelle, née à Paris en 1885, s'appelait Louise Brière de l'Isle. Mais le plus étonnant, c'est l'arrière-grand-mère paternelle, une certaine Lise Tréhot, qui fut modèle de Renoir avant de devenir sa maîtresse. *Lise à l'ombrelle*, *Lise cousant*, c'est elle. Je suis fasciné par l'idée qu'il puisse exister un lien de sang et d'alliance entre lui et la peinture de Renoir. C'est un aristocrate des arts, un héritier, il a grandi de plain-pied dans la culture classique, il vient de la grande peinture. Je me compare : je suis né le 15 février 1976 à Tarbes dans les Hautes-Pyrénées, j'ignore si un grand auteur a dit quelque chose de remarquable sur cette région de champs de maïs, de plaines modestes à l'horizon barré par les montagnes. S'il a senti, dès son plus jeune âge, le parfum de la peinture à l'huile et térébenthine, moi ce fut l'odeur du white spirit dans le garage, crépis blanc, rouleaux et pots de peinture glycéro, mon père, Michel, était peintre en bâtiment. Ma mère, Jenny, garde des enfants. Tiens, Mady, Jenny… les pères peintres même si leurs peintures sont contraires… Je ne devrais pas me comparer, je sais bien que le malheur des gens vient souvent du fait qu'ils se comparent, mais lui dès l'âge de cinq ans, son père l'emmenait au Louvre le dimanche après-midi, pour éduquer son regard, nous le dimanche nous allions déjeuner à la cafèt du centre Leclerc, nous faisions quelques courses à Gifi sur le bord de la route, avant d'aller prendre le goûter chez papy et mamie à Lourdes, sur la table recouverte de lino imprimé fleurs du verger, devant

Jacques Martin, Drucker, Une famille en or, La Roue de la fortune. Le Louvre, je ne savais même pas ce que c'était… Bon, j'arrête de comparer, disons que je dis ce qui est, je trace des parallèles – et ma main tremble un peu –, j'essaie de mettre un trait d'union entre un Je et un Vous. Tandis que je le fais je vois ces familles aimantes où l'on ne se parle pas, où l'argent est rare même si ce n'est pas la grande pauvreté, on ne manque de rien mais on n'a pas grand-chose, la vie est ainsi faite, d'emblée limitée, sois poli et propre, travaille bien à l'école. J'aperçois ces époques soucieuses d'oublier le passé, lui l'après-guerre, moi les Trente Glorieuses pas si glorieuses, époques et régions que l'on n'oublie pas – impossible de les oublier – mais que l'on quitte vite, vers seize, dix-huit ans, il le faut, s'enfuir, vite.

Il dit qu'il veut connaître ma vie, mes journées. Moi aussi je veux tout savoir, sa vie, ses détails, ses journées. Tout chez lui me semble passionnant, tout chez moi me semble globalement sans intérêt, sauf lui, maintenant. On se vouvoie, c'est joli le vous, c'est aussi un charme et une distance qui n'est pas celle d'un éloignement. C'est virtuel et si réel, lointain et si proche, c'est réel et virtuel, je me répète, je tourne la mémoire dans tous les sens, je l'essore. Comment dire ? Amour courtois ? Romantisme échevelé ? Parfois nous essayons de nous raisonner, nous nous disons que nous allons trop loin trop vite, que tout cela est bien excessif, nous sommes d'accord mais le courant est trop fort, le plaisir trop intense. Comment résister, pourquoi, en vertu de quel empire de la morale ?

Qu'ont vraiment représenté ces deux mois pour lui ? Sans doute y a-t-il puisé quelques forces pour l'opéra, un élan ? Il ne m'a pas utilisé comme une sorte de catalyseur mais il travaille tout le temps et à cette époque je n'ai toujours pas compris à quel point chez lui travail et vie se confondent. De mon côté c'est plus sauvage, aucune organisation, je vis au jour le jour, une publication sur Facebook recouvre l'autre, le temps passe ainsi : 31 like, 8 commentaires, 2 poke et 18 demandes d'ajout.

Début décembre 2007 je me découvre des accents mystiques. Impression de retrouver quelque chose de l'ordre d'une continuité perdue, c'est confus. Je dirais une sorte de chaleur, un foyer, un nœud dans la gorge, dans le ventre. C'est aussi la sensation d'une présence, un baiser sur un front qu'on imagine possible, deux yeux fermés sur une plage en hiver, ça viendra. C'est la collection Harlequin, Marc Levy chez Wagner, mais c'est aussi

Maître Eckhart et Thérèse d'Avila. Notre amour a la folie des grandeurs et nous sommes au milieu d'une clairière entre deux extrêmes, l'antre. Il y a les Alpes entre Milan et Paris, le fait est que nous faisons des Alpes une donnée négligeable, un simple pli de la croûte terrestre. Nous délirons sur tout ce que nous pouvons et même la géographie. Je pense à l'hystérie, à tout ce qu'on en dit de façon méprisante, n'est-ce pas plutôt le mot utérus contenu dans hystérie qu'on méprise ? Alors quoi, l'hystérie n'est-elle pas en même temps la faculté à vivre ce qui n'existe pas ? À s'augmenter donc ?

Un beau soir il m'écrit un mail dans lequel il m'avoue, après plusieurs circonvolutions, qu'il aime toujours quelqu'un, un certain T. qui est danseur et chorégraphe. Il ajoute qu'il aurait dû me le dire plus tôt, demande pardon, dit qu'il a l'impression de tromper, depuis le début, mentir, se cacher pour taper un sms, il déteste ça et pourtant il le fait avec ravissement. Il dit qu'il a lutté, mais qu'il a lutté en cédant, qu'il se sent démuni, que sa façon de résister est de succomber, que ça a toujours été comme ça. Il a cette belle phrase : J'aurais dû le dire avant, mais avant c'était quand ? Je suis bouleversé, je le crois totalement et je ne suis pas surpris, je m'y attendais. Je ne ressens aucune jalousie, pas le moindre picotement de jalousie. Au contraire, je suis heureux pour lui et pour ce T. que je ne connais pas mais que j'aime déjà, que j'aime bien, sans savoir pourquoi. Est-ce pervers de réagir si bien ? Je google T. + Chéreau, j'obtiens un beau visage calme et meurtri, une belle voix posée. Dans la vidéo T. parle bien et j'aime aussitôt sa façon de parler. Je ne veux prendre la place de personne, je suis bien à ma place, même si je ne saurais la définir. Je réponds qu'il n'y aura pas de mélodrame, pas de Feydeau. Ce que nous vivons est une excroissance, je ne prévois rien pour l'avenir, pas même en rêve. Il répond aussitôt, il dit qu'il me serre dans ses bras et me remercie mille fois pour ma compréhension et mon indulgence, il dit qu'il ne m'en aime que plus fort encore. L'avenir, c'est du désir.

Les deux mois se terminent, l'opéra est monté, la première approche. Arte diffuse son *Tristan* avec une heure de décalage par rapport à Milan. Soirée de gala à la Scala, ouverture de la saison, il m'explique qu'en Italie c'est un événement national, protocolaire, très mondain. Je suis la retransmission sur mon écran. Dans la chambre de bonne la connexion est mauvaise, ça mouline, le wifi ce soir est mon pire ennemi. Mon portable vibre juste avant la fin de l'acte Un : il dit qu'il a rêvé que j'étais là, dans l'orchestre, que j'avais pris un avion ! Ça me contrarie, et même plus, ça me blesse. Pour la première fois je n'aime pas lire ce qu'il m'écrit : il suffisait de me l'envoyer, ce billet d'avion ! Je suis au bord de le lui faire remarquer mais je ne le fais pas, je me tais, je me calme, T. doit être là dans les coulisses, peut-être, sûrement, voilà pourquoi je ne suis pas dans l'orchestre, normal. J'envoie le sourire niais d'un de ces smiley à tête jaune.

Le grand bonheur est de pouvoir mettre enfin deux visages mouvants sur Tristan et Isolde, ceux de Ian Storey et Waltraud Meier. La mise en scène est magnifique, d'une logique imparable, c'est beau, tragique, intemporel… C'est magnifique je me répète je n'ai que ce mot-là à la bouche, ça remue jusqu'aux tripes. La voix de Waltraud transperce les corps comme le ferait un laser ou un sabre. Chaque détail est comme auréolé de précision, même ce qui n'est pas censé se voir se voit, existe, comme dans la vie où tout existe sans représentation. Le plus troublant est ce sentiment de déjà-vu alors que je vois tout pour la première fois. Pendant deux mois nous avons tant parlé des répétitions, du chœur, des décors de Richard Peduzzi que je découvre et reconnais en même temps, tout, notamment le vieux mur inspiré par celui du Panthéon à Rome, vieilles pierres pleines de murmures et de visages. Il a une heure d'avance sur ce que je vois, il m'annonce ce qui va venir, demande où j'en suis. Je lui dis que le bol blanc est une belle idée pour la scène du philtre d'amour. Il répond que le bol a été acheté chez Habitat : re smiley débile à tête jaune, pouce levé ! Je l'imagine dans les coulisses, en smoking, penché sur son portable mais gardant toujours un œil dans la direction du plus important, le plateau. Il a plusieurs vies. Combien ? La seule chose que j'ignore c'est la fin, la dernière scène, juste après la mort de Tristan, le monologue d'Isolde, *Liebestod*. Il n'a pas voulu me dire ce qu'il a fait, ce sera une surprise, a-t-il dit. Je m'attends à une issue phénoménale, je ne sais pas, un ouragan, une crucifixion, un trou noir… C'est encore mieux. Isolde meurt doucement, Waltraud Meier chante, sa voix s'élève, ample et prenante, toujours plus haut, quand elle atteint l'extase, du sang se met à couler doucement sur ses tempes, elle vacille, s'abandonne, ample et prenante comme les coteaux de Lézigné en 1944, Isolde est précise, elle fait quelques pas en arrière, en avant, hésite, sourit, tombe dans un ralenti prodigieux ; et la musique se referme doucement sur elle. Je m'attendais à quelque chose de grand, de surhumain, j'avais oublié que la beauté c'est d'abord l'incarnation.

C'est fini, les baguettes de Daniel Barenboim viennent de refermer la musique, doucement, dans un nœud de silence. Arte rend l'antenne, l'opéra est terminé, je sors, envie de sortir ce soir, me taire et marcher dans Paris, marcher sans but. Envie d'une aventure, furieuse envie d'une aventure nocturne, *direct now*. Je voudrais rencontrer quelqu'un, là, tout de suite, dans le prolongement de la musique. Lutter avec un ange jusqu'au lever de l'aurore. C'était beau et fort ce *Tristan* mais ça m'a foutu en l'air paradoxalement. Quelque chose se propage, comme une onde de choc, une grande vague. Je me sens pauvre de moi, un peu laminé, comme si l'opéra m'avait montré prouvé à quel point je ne suis pas à la hauteur de mes idéaux, à la hauteur de la vie même ! Cette mise en scène est belle, si belle, mais elle me laisse exsangue, je la reçois comme un rappel à l'ordre, une claque, elle me secoue, me réveille, place la barre si haut en me rappelant que la mort est tellement proche, sous et sur la peau, tout le temps. Suis-je à la hauteur de ce qu'il exige : s'aimer chaque jour comme s'il en allait du sort de la beauté et de l'humanité ? Non, c'est trop grand, décidément trop grand pour ce soir, pour n'importe quel jour, trop lourd pour des épaules d'homme. Il n'y a pas de Scala dans mon monde, pas de dorures, de marbre, aucun rideau rouge. Il n'y en a jamais eu. Alors là, dans l'urgence, tout de suite vouloir un corps ou des corps, un corps et des orifices, des âmes muettes, des bras, une nuque, un corps brûlant à serrer très fort, à lécher, vénérer. Je pars à la recherche du garçon le plus proche, la chair, justement, ce qui nous fait défaut depuis le début. Je trouve la réponse, il s'appelle Gabriel, Gabriel, comme un fait exprès... Gab est comme il faut, gourmand parfait ok sur tout et il reçoit près des Halles, plan direct. J'arrive et sans transition on se serre de toutes nos forces. À force de me perdre dans la peau de Gabriel je reviens à sa peau à lui, sa peau que je ne connais pas, je traverse les Alpes : la chair, nous avons celle des mots, les voix la nuit dans le téléphone – ce n'est pas rien – mais il nous manque l'essentiel, le corps, les visages, *Les visages et les corps*, les parfums, les odeurs, le toucher, l'épiderme, le derme, le dos, le bas du dos. Il va falloir quitter notre monde imaginaire, je le sens, quitter la belle utopie, entrer dans le réel, il va falloir atterrir, retomber, le rencontrer, improviser dans la présence de l'un à l'autre. Il sera à Paris dans trois jours, c'est un tourbillon, j'ai peur. De moi. De lui. De nous. De ce dont je suis capable avec lui.

Comment faire ? Où se retrouver ? Un restau, un café, un lieu public ? Un musée, dans la rue, sur un pont ? Chez lui ? Chez moi dans ma chambre ? Rien ne me va, tout me semble incongru, maladroit, pas juste. Il faudrait un endroit neutre et je ne vois rien de neutre à Paris. Puis une idée me vient, une idée ridicule comme un cliché. Tout avait commencé par *La Douleur*, Duras, ce sera donc Trouville, la mer, la Normandie fin décembre, le Casino, les planches, Les Voiles, Les Vapeurs, Les Mouettes, Les Roches Noires. Je lui annonce le programme, il dit que je le fais rire, accepte. Il dit que ça fait longtemps qu'il n'a pas mis les pieds à Trouville, la dernière fois est un mauvais souvenir, il n'explique pas, il dit qu'il est d'accord pour donner une deuxième chance à Trouville. Il demande mes dates, propose de réserver, je refuse : C'est moi qui paie l'hôtel, cette fois-ci la mise en scène c'est moi ! En revanche je me laisserais bien inviter à dîner… Tout ce que vous voudrez, répond-il, champagne et s'il faut toutes les huîtres de la Côte ! J'ai trouvé une chambre avec vue sur mer, Hôtel Le Flaubert, pas trop cher mais pas trop *cheap*. J'arrive dans l'après-midi, je veux faire quelques repérages. Il arrivera vers 20 heures. Je lui ai donné rendez-vous sur la plage, juste à droite du Casino, près du terrain de jeux pour enfants. Sur le moment j'ai trouvé que c'était une bonne idée. En réalité c'est une idée désastreuse. À 20 heures au mois de décembre il fait nuit noire noir d'encre, on ne voit rien, ciel couvert donc pas d'étoiles ou de lune, un vent glacial et humide vient compléter le tableau. Les mouettes gueulent et aboient dans le ciel, gueulent comme des folles, des sirènes folles. Il a fait *Tristan* et qu'est-ce que je lui offre, moi ? Du grand-guignol durassien ! Il m'envoie un sms, il dit qu'il vient d'arriver à la gare de Deauville-Trouville, il vient à pied, il en a pour dix ou quinze minutes. Je tremble de tout mon corps, ivre de vent, d'iode, de trac. Je marche vers la mer, je reviens vers les planches, je remarche vers la mer. Je fais du surplace, je regarde le portable, l'heure, les embruns, l'heure encore, les minutes. Je suis heureux. Je ne savais pas que le bonheur pouvait s'étendre s'étirer jusqu'à la panique.

Roland Barthes : *L'être que j'attends n'est pas réel. Tel le sein de la mère pour le nourrisson, je le crée et je le recrée sans cesse à partir de ma capacité d'aimer, à partir du besoin que j'ai de lui : l'autre vient là où je l'attends, là où je l'ai déjà créé. Et s'il ne vient pas, je l'hallucine : l'attente est un délire.*

Il arrive, pendant ce temps je me souviens. J'ai 22 ans, je viens d'arriver à Paris, je débarque de ma province, mon trou, je n'ai pas encore changé de nom et ici, à Paris, c'est magnifique, je ne connais personne, personne, un livre de pages blanches. C'est un mois de juillet, j'ai trouvé une chambre à l'hôtel Le Bervic qui se trouve rue Bervic derrière Tati à Barbès. J'ai 1 800 francs en poche, toutes mes économies, un sac avec quelques livres, peu de vêtements. J'arrive de Toulouse en gare Montparnasse, aussitôt en descendant du train je sors pour admirer la Tour, un petit gratte-ciel comparé à New York ou d'autres villes mais c'est la première fois que je vois une tour de plus de vingt étages, c'est mon premier gratte-ciel, il est donc immense, immense. Je me sens minuscule, je me sens très grand, c'est une ivresse. Je m'engouffre dans le métro, je suis celui qui a le plus large sourire dans les longs couloirs, sur les escalators, les tapis roulants, mécaniques. Je prends la ligne 4 jusqu'à Barbès. Je ne connais pas Paris, je sais des choses très générales, par exemple je sais qu'avenue Montaigne c'est très cher, je sais qu'à Barbès ça l'est beaucoup moins. Je ne suis pas seul dans ma chambre, je n'ai jamais vu autant de cafards, ils courent partout, sur les murs dans la salle de bains, ils se cachent sous le papier peint qui se décolle. Au début ça me dégoûte, j'en écrase quelques-uns puis je finis par les accepter, je les vois comme des compagnons ces petits animaux couleur miel de châtaignier, ambre sombre. Le plafond est constellé de points de moisissure noire, et les murs de cette première chambre à Paris sont comme du papier bible. De nuit comme de jour j'entends les gémissements étranges venus des chambres voisines, les mots dans des langues que je ne reconnais pas, des cris de plaisir ou de colère. Il y a cette femme qui se fait régulièrement tabasser au deuxième étage, il y a les senteurs de friture qui viennent de la chambre occupée par la famille de Maliens, odeurs de sardines et d'acras, odeurs de cuisine africaine. Malgré tout, dans cette chambre qu'on pourrait croire sordide, j'ai posé *Détruire, dit-elle* sur mon lit, impeccables Éditions de Minuit dans les draps, pureté de la littérature, un continent blanc et bleu, avec le M, la petite étoile, le liseré, bonheur fou d'être enfin là où j'écrirai. J'ai choisi cet hôtel parce que je peux payer chaque jour en liquide, 60 francs, de plus je ne suis pas obligé d'y dormir chaque nuit. Quand je n'y suis pas ils sont d'accord pour garder mes affaires à l'accueil. Ainsi je dors parfois dans des parcs, pour économiser l'argent, aux Buttes-Chaumont le plus souvent. J'escalade la grille le soir et je vais me cacher dans un fourré. Il y a parfois des rondes de nuit, deux gardiens avec un berger allemand et une lampe torche, j'ai peur, je fais le mort, je coupe ma respiration. J'ai surtout peur du chien, qu'il me sente. Je finis par m'endormir dans la fièvre d'une vie qui recommence de plus belle. Ça va être quelque chose, ça ne peut être que dingue, le sentiment de vivre enfin une aventure, de vivre dans l'aventure. Je passe mes journées à marcher dans la ville, je taxe des clopes, pour fumer mais aussi pour parler à quelqu'un, Excusez-moi, vous auriez une cigarette s'il vous plaît ? Dans mon walkman en boucle *Karmacoma* de Massive Attack, et je marche à en avoir mal aux pieds, aux jambes, jusqu'au sang, et je crois que j'adore ça. Les traces de sang sur mes chaussettes, les ampoules qui suintent et me font boiter, je les vois comme des preuves, des stigmates, il m'arrive enfin quelque chose, je suis complètement dans la vie, peut-être au milieu. Je dépose des CV dans les Quick, les Flunch, au McDo, des restos, des brasseries. Quand un responsable me demande mon adresse et que je réponds que je suis à l'hôtel, je vois la petite variation dans le regard, le léger fléchissement, je comprends que mon CV finira à la poubelle, encore. Pour économiser l'argent qui s'évapore de façon inquiétante, je ne mange qu'une fois par jour, un kébab à vingt francs en fin d'après-midi, sauce blanche harissa, sel et beaucoup de mayo pour les frites. Après, je rentre à l'hôtel et je me couche. Vers 22 heures je me réveille, je prends une douche, je me change. Je mets la panoplie : le jeans moulant avec les trous sur les genoux, le Marcel blanc et le petit blouson en skaï simili cuir, quelques gouttes du *Mâle* de Gaultier. *Le Mâle* est fait pour la nuit, il commence par la douceur innocente de la vanille sucrée, il se prolonge sur la menthe qui réveille, qui surprend, le cèdre et le vétiver le terminent comme une invitation à s'allonger. C'est le parfum des années 90, le mien. Je suis prêt, je viens d'enfiler mon armure, je peux prendre le métro aérien ligne 2 terminus Place Dauphine. De toute façon rien ne peut m'atteindre, je vis dans un film génial. J'ai la jeunesse et ses pleins pouvoirs, la vie est un super scénariste, jamais de temps mort. Et même quand ils m'ont tabassé traîné dans le bois de Boulogne, pour me violer voler mon argent facile, même quand j'ai rampé avec le gel de lacrymo dans les yeux, la gueule cassée, le jeans descendu jusqu'aux pieds, étourdi sous le pont de Suresnes, même quand j'ai rampé comme un ver jusqu'à la Seine, de la terre dans la bouche, quand j'ai rampé pour me laver le visage dans l'eau sale, les fesses à l'air, pour laver les pleurs, la morve et le sang, même là c'était bien, vraiment, même là je n'aurais changé ma vie pour rien au monde. Rien n'était grave à cette époque, j'avais 22 ans, je finissais au Queen vers 5 heures du matin, je ne sais pas pourquoi Sandrine la physio me laissait passer sans payer, ma tête devait lui revenir. Au Queen je dansais les yeux fermés, je dansais, parfois je montais sur un podium, les yeux toujours fermés, j'attendais qu'on me cueille. J'ai eu 22 ans pour toujours, tout le monde a eu 22 ans pour toujours, un jour. Aujourd'hui je pourrais ne retenir que le misérabilisme de cette époque, son âge tendre, vert, tellement vert et tendre qu'il pourrait me faire pleurer sur moi, là ici sur cette plage quinze ans plus tard, je pourrais pleurer sur lui, celui que je fus, la petite pute qui lisait Duras et rêvait d'y arriver, un jour, y arriver obscurément, c'est-à-dire écrire. Le temps de cette époque sera pour toujours un temps présent, à conjuguer au présent, à dessein. Je sais qu'il continuera de me hanter jusqu'à la fin, de peupler mes cauchemars, de me ronger, de me nuire, de conspirer à me nuire, de me nourrir en même temps. Ce temps survit et n'en finit pas car il fut gonflé à l'hélium de l'avenir. C'était les abords de l'an 2000, les tours du World Trade Center étaient brillantes et fières, insolentes, aussi indubitables que des montagnes, éternelles. *Karmacoma, what?*

jamaica an' roma. Karmacoma, what? jamaica an' roma. Ce qui ne tue pas renforce ? Non. Ce qui ne tue pas, tue autrement.

Je fais du surplace, je regarde le portable, l'heure, les embruns, les minutes. Je suis au milieu de la plage, entre le début de la mer et les Planches. Il fait froid, je m'accroche au téléphone. Il y a beaucoup de vent. À ma droite, le Casino, rond, blanc sable, bombé. À ma gauche les paupières closes des Roches Noires. Au loin le port d'Antifer, plus loin encore les lumières du Havre. Je suis seul sur la plage. Il n'y a que le mois de décembre, les mouettes et la nuit tombée. Il vient d'arriver en gare de Deauville, je me répète, il en a pour dix minutes environ. Je m'allonge sur le dos, je fais l'étoile, je ferme les yeux. Duras, longtemps je suis resté comme aveuglé interdit devant les phrases sublimes, inaugurales : *La mémoire reste infernale de ce qui n'arrive pas.* Phrases impossibles qui reviennent en boucle : *On écrit sur le corps mort du monde, corps mort de l'amour.* Tatouages sur une peau de lecteur ébloui : *Écrire, c'est arriver avec la crise au bout de la crise.* Phrases écrites tracées sur la crête des mots : *Ici c'est S. Thala jusqu'à la rivière, et après la rivière, c'est encore S. Thala.*

Tout se fige, je l'aperçois. Au loin, un homme pas très grand, dans un manteau sombre, les mains dans les poches, en fait il s'agit d'une parka gris foncé. Lentement je vais à sa rencontre. Il marche lourdement, les épaules relevées, un taureau s'avance lentement, tête baissée mais regard droit. Je crois entendre sa respiration. Je suis glacé, je ne sais plus si c'est le froid ou la peur, le trac, c'est les trois, tout le reste. Il n'y a plus que dix mètres entre nous, puis cinq, puis trois, puis rien. Je garde mes mains et mes poings serrés dans les poches de mon caban. Je tremble, je voudrais le cacher. On se retrouve face à face, hésitants, complètement maladroits. Deux vierges, deux amoureux transis. Il n'y en a pas un pour aider l'autre. Il me regarde fixement, mélange de tendresse et de défi. Quel aurait été le geste de Tristan ? Je me lance, j'ose la main sur le front comme on se l'était écrit. Ce qui est écrit doit exister. Comme une petite diversion il dit qu'il fait froid, vraiment très froid, vous n'êtes pas gelé ? Je dis que non, pas trop, ça va, je mens. Je vois qu'il a les yeux mouillés. Vous voulez marcher un peu sur les Planches ? Il dit qu'il préfèrerait aller directement dans un restaurant, qu'il a réservé une table au Central. Comme prévu on commande un grand plateau de fruits de mer et du champagne. C'est là que je découvre sa très mauvaise mine. Il a des cernes très prononcés, il est tout gris, il transpire. Vous êtes sûr que ça va ? Il répond qu'il est grippé, qu'il a attrapé froid à Milan, qu'il n'a pas voulu annuler Trouville à cause d'une connerie de virus. Au bout d'un moment j'ose, je passe ma main sur son front, en effet j'ai l'impression qu'il a de la fièvre. Nous mangeons vite, je dévore les huîtres, les bulots, le crabe, les crevettes et les palourdes, tout ça avec du pain et du beurre tandis qu'en face de moi je le vois grignoter sans appétit. Je remarque qu'il lève le coude avec facilité. Nous commandons une deuxième bouteille. Je ne sais plus de quoi nous parlons, je crois que je me mets à lui parler de Duras, à réciter mon savoir – quel con ! – j'arrête. De toute façon je vois dans ses yeux rougis qu'il me regarde sans m'écouter vraiment. Sur une banquette non loin une femme chuchote, elle l'a reconnu, elle se demande si c'est vraiment lui... J'intercepte le regard de commère, le jugement, je la foudroie, pas touche, non tu n'as pas le droit d'avoir ton opinion ma petite dame. Nous ne prenons pas de dessert, nous ne finissons pas la deuxième bouteille. Il fait signe au serveur, sort une carte de crédit dorée. Nous décidons de rentrer à l'hôtel. Il disparaît dans la salle de bains, prend une douche, je m'allonge sur le lit. Je profite de son absence pour avaler un somnifère et un Xanax. Il revient en peignoir blanc, me dit qu'il se sent vraiment pas bien. Je dis que c'est pas grave, on va dormir, c'est bien de dormir avec quelqu'un, une drôle de phrase sort de ma bouche : *Moi j'adore dormir avec des corps.* Il sourit. Je propose d'appeler SOS Médecins, il refuse. Je vois qu'il est déçu, un peu triste. On éteint les lumières, je me déshabille, on se glisse sous les draps. Sans rien dire on se rapproche, on le fait comme s'il n'y avait plus que ça à faire. Doucement je manipule son corps pour qu'il s'allonge sur le ventre, silence total. Il se laisse faire, seul le bruit du froissement des draps. Je m'assieds au niveau des lombaires, à califourchon. Je lui masse le dos, je masse la nuque. Les bras. Les mains. Les coudes, les épaules. Tandis que je le fais je pense à T., impression que le regard de T. est là quelque part dans l'obscurité de cette chambre, dans un angle. Je crois que cette pensée me plaît, ça me plaît de le savoir ici avec nous, T., son regard qui ne dit rien. Il s'endort. J'ai une drôle d'impression avec sa peau, quelque chose me dérange, ça ne va pas, *ça ne le fait pas*, ça ne s'emboîte pas comme ça devrait, ça ne… je ne veux pas y penser, je chasse la mauvaise impression. Je m'endors à mon tour dans un petit goût d'amertume, juste une petite déception qui n'ose pas dire son nom. Je suis heureux, je suis infiniment triste. Le lendemain je me réveille vers 10 heures, il n'est plus là. Je trouve un petit mot sur la table de chevet : Je suis au Central toute la matinée, j'y travaille, vous me rejoignez quand vous voulez, love, p.

Je m'approche, il est au téléphone et parle allemand, je m'approche mais je suis très gêné. Il le voit, il sourit, il pointe son doigt dans la direction de la chaise en face de lui. Je m'assieds. Il est en pleine discussion au téléphone, j'entends le prénom Waltraud, il parle à son Isolde qui doit être à Milan. De bon matin ça m'en fout plein la vue ce Milan, cette Scala, son allemand si fluide, ça m'épate et ça me remplit de fierté. C'est quand même moi qui suis là avec lui, en ce moment c'est moi personne d'autre. Ça me semble toujours improbable. Ça fait deux mois que je vis un rêve éveillé, comment se réveille-t-on d'un rêve éveillé ? Il vient de raccrocher. Je demande s'il va mieux. Son regard se durcit, il répond que ça ne va pas fort mais que ça ira quand même, qu'il faudra que ça aille, pas le choix. Il vient de le dire avec une telle force de conviction, une force vitale, élémentaire, quasi démoniaque. Sur le moment ça me fait presque peur. Je comprends qu'il doit savoir donner des ordres, dire non, être ferme. Là devant moi j'ai un agneau mais je comprends qu'il peut être un loup voire un ogre. Je dis qu'il faudrait peut-être aller à la pharmacie mais son portable vibre, il décroche et parle désormais en espagnol, un certain Fernando. Je me lève, je vais au comptoir, je commande un café à emporter, je vais fumer dehors sur le trottoir. Je fais quelques pas sur le port, je prends deux photos que je poste aussitôt sur Facebook, juste des photos du port, des bateaux. Je crois que je voudrais dire que je suis avec lui, l'identifier, nous identifier lui et moi, pour crâner, me la péter urbi et orbi, je me retiens. Je marche en direction de Deauville et j'en profite pour aller à la pharmacie, j'achète du Rhinofébral et de la vitamine C à croquer. Je reviens sur mes pas. Il est tout calme sur la banquette rouge, concentré plongé dans ses notes. Je tends le sachet de la pharmacie en disant : Bon, tout ça n'est pas très sexy mais… vous devriez prendre ceci. Il ouvre le sachet d'un air amusé : Mais si Olivier, c'est sexy ce que tu viens de faire, très… On se dit tu maintenant ?

Dans la journée on prend un taxi pour Honfleur, on déjeune dans une auberge puis on revient à Trouville, on se balade rue des Bains. Il y a un Tabac qui fait Presse, à l'entrée trône un poster de la dernière couverture de *Paris Match*, c'est le beau visage d'Isabelle Adjani, la légende dit : *Le temps passe et alors ?* Je ne peux pas ne pas penser à sa Reine Margot, à la Phèdre qu'elle a désertée, j'ose une question : Elle est comment dans la vie ? Isabelle… Ses yeux… Il s'approche de la couverture, se penche sur le visage blanc ovale, sourit avec tendresse. Puis d'un ton pas méchant mais sec comme un coup de trique il répond que les yeux sont bleus. Stop. Bon… Je comprends qu'il ne faut pas aller plus loin. Peut-être sont-ils fâchés, ou bien je n'ai pas encore le droit de poser ce genre de questions ? Y aurait-il un protocole comme dans les cours royales ? Des choses à ne pas dire, des timings à respecter ? On continue la promenade, je me tais, j'ai l'impression d'avoir été vulgaire avec ma question… De toute façon il va mal, ça ne s'arrange pas. Nous décidons d'avancer le retour à Paris. Dans le train il ne dort pas malgré la crève, il lit *Le Roi vient quand il veut* de Pierre Michon, il dit qu'il me le passera, que je dois absolument lire ce livre. Il demande si je connais Carlos Liscano, non je ne connais pas et je me sens d'une inculture crasse. Il dit qu'il m'offrira *L'Écrivain et l'autre*, que c'est une lecture obligatoire. Nous sommes en première, je me souviens de tout, les visages des gens dans le wagon, les rayures grises et rouges des fauteuils. J'enregistre chaque détail, même ce qui est inutile, je scanne et je retiens tout. La mémoire des pauvres est à l'œuvre.

À Saint-Lazare, après les escalators, au niveau de l'entrée du métro, on se trouve bien embêtés. Un moment de gêne comme une hypotension, il dit : Bon… nous voilà chez nous. Je ne sais pas comment répondre. Je me dis que normalement ce serait à lui de m'inviter chez lui rue de Braque, il ne le fait pas. Comme il semble attendre que je dise quelque chose, je prends les devants et par orgueil je m'invente un rendez-vous avec un ami, je dois prendre une autre ligne et pas trop tarder, voilà. On s'embrasse sur les joues, près de la bouche mais pas trop non plus, commissure des lèvres, tout ça est d'un ridicule… On se dit qu'on s'appelle demain. D'accord, on s'appelle demain. On se quitte, j'ai le ventre noué.

En réalité rien ne va plus. En réalité c'est déjà trop tard et on ne le sait pas encore, en tout cas moi je l'ignore. Je retrouve ma chambre de bonne à Gambetta, je repense à ces deux mois de folie à distance, à l'époque où la proximité était si grande, c'était encore hier et pourtant tout paraît si irrémédiablement loin. Je dégrise, je me prends quelque chose de très dur dans la gueule. Le réel ? Je me couche, je n'arrive pas à dormir. Je me tourne dans tous les sens. Je me rends à l'évidence : quelque chose ne s'est pas passé à Trouville et cette idée me tue. La peau ne ment pas, ne triche pas, et là, comme d'habitude, elle n'a pas menti. La peau = les peaux, nos peaux, la peau contre la peau, le contact, le toucher, le frottement, comment la caresse insinue le plaisir et comment elle ne le fait pas. Pourquoi, on ne sait pas. J'essaie de me raisonner, bien sûr il était malade donc rien de grave. Mais je sens qu'il y a plus grave. Il y a parfois de ces frontières entre les corps… Les jeunes ont raison quand ils disent *ça le fait*. On ne peut pas mieux dire. C'est très français, *ça le fait*, très correct, très fin. Là, ça ne le fait pas, sa peau et la mienne, quelque chose fait que ça ne l'a pas fait, il y a eu un gouffre, une distance qui me semble indépassable. C'était quoi ? La différence d'âge ? Le pouvoir ? La célébrité ? Quoi ? L'argent, le manque d'argent ? Ou bien la chimie, les phéromones ? Sommes-nous manipulés comme des pantins par nos hormones ? Exténués de désir, pantelants de désir mais privés de désir à certains moments avec certaines personnes ? Pourquoi ? Pourquoi le désir se déroberait-il alors que l'amour, la tendresse et l'admiration sont là ? Pourquoi le monde est mal foutu alors qu'il suffirait de si peu pour le remettre à l'endroit ? Pourquoi suis-je impuissant, destructeur, simple créature alors que je me voudrais créateur permanent, de moi-même et des autres ? Toutes ces questions se mélangent dans ma tête, elles deviennent une douleur de plus en plus vive. À la fin ça se renverse, je commence à m'en vouloir, c'est ma faute si. Je commence à me morfondre. Je me dis que j'ai tout gâché, qu'il m'a trouvé bête, qu'il s'est ennuyé, qu'il ne m'a pas trouvé désirable, il a forcément été déçu. Il s'était imaginé quelqu'un de plus séduisant, plus musclé, plus, moins… Il doit être habitué à mieux, plus beau, mieux foutu, plus intelligent. Comédiens, danseurs, écrivains, chanteurs, stars, pas des vendeurs de souvenirs sur l'Île de la Cité ! Et moi aussi je suis déçu. Par le réel, sa cruauté, son indifférence. Tout ça n'a rien à voir avec ce qui était prévu, notre amour idéal, littéraire. Je pense au moi idéal et à l'idéal du moi… je pense à l'autre idéal et à l'idéal de l'autre. Il est les deux, pour moi, dans ma vie, autre idéal et idéal de l'autre. Comment accepter de perdre cela, si tôt, si vite ? Où sont passés les deux derniers mois ? Et nos lettres, déjà mortes ? Où est passé l'avatar magnifique, son p. minuscule et majuscule ? Je tourne ces idées dans tous les sens, la tristesse m'envahit, j'ai toujours le nœud dans le ventre mais il n'est plus de même nature, ça implose doucement, les jours passent et je déprime. Je m'enfonce chaque jour un peu plus dans la dépression, c'est-à-dire que je m'absente, je m'absente de moi-même, je suis mal puis je ne suis plus que mal, je finis par oublier la cause de mon mal-être, je me confonds avec lui. Le temps passe, il ne m'appelle pas, plus de sms. Je vais mal, je vais mal depuis toujours, je baisse les bras. Il fait gros temps, la mer est noire, comme la route, comme les idées. Je me dis que les gens tiennent parce qu'ils ont les enfants ou le travail. Quand ça va mal ils s'accrochent aux enfants, ils se noient dans le travail. Je n'ai ni l'un ni l'autre, pas d'amortisseur.

Puis les sms reviennent, il est reparti à Milan, les sms reviennent mais tout a changé. Ce n'est plus la fréquence d'avant, il ne répond plus dans la foulée. Il met désormais une heure ou deux avant de répondre, parfois trois, parce qu'il est en rendez-vous. Mais des rendez-vous, n'en avait-il pas en novembre-décembre ? Jamais il ne m'a dit en novembre-décembre qu'il était occupé ailleurs. J'assiste à l'effondrement d'un flanc de montagne et je n'y peux rien, je ne peux que constater l'éboulement. La bile noire se propage. Je me fais des reproches, de plus en plus. Je n'arrive pas à faire le deuil de l'amour total, je refuse de le faire, plutôt mourir que de retrouver la vie d'avant lui. Les jours, les heures s'entassent, c'est le mois de janvier, ma tête fourmille en idées noires, un jour il part à New York où il a des rendez-vous importants, un acteur américain et le directeur du Metropolitan, il m'annonce que T. l'accompagne. Je comprends le sous-entendu : No sms. Je m'exécute. Je me bâillonne.

On peut dégringoler en quelques heures, deux ou trois jours tout au plus. Il y a une concierge dans mon immeuble à Gambetta que j'aime bien, Madame H. Elle aussi m'aime bien, et puis elle vient de Lourdes, et moi de Tarbes, forcément ça rapproche. Elle sort de sa loge quand j'attends l'ascenseur, d'une voix inquiète elle demande : Comment va le beau jeune homme ? Bien, bien, et vous Madame H. ? Bien, vous pouvez venir me voir si ça ne va pas, vous ne me dérangez pas, d'accord ? Même si vous voulez juste parler. Les semaines passent, je décline. Je ne vais plus au magasin, je me suis mis en arrêt maladie, je crois que je vais démissionner. Je ne me rase plus, je n'ai plus envie de me laver, je me sens épuisé tout le temps, je n'ai plus faim, même pas soif, je ne me supporte plus. Je ne sors que pour acheter mes clopes et quelques boîtes de conserve, la plupart du temps du cassoulet que j'avale sans appétit, directement dans la boîte, froid. Ça m'écœure un peu mais j'avale cette nourriture destinée à devenir matière fécale, je ne vois que ça, je ne suis que ça, un déchet. J'exagère bien sûr, je veux dire que ça exagère à l'intérieur de moi, et je regarde la dignité me quitter, c'est elle qui part en dernier, je ne trouve pas la force de la retenir. Ça va très vite, la descente. Les boucles infernales dans la tête, celles qui creusent des tranchées dans l'esprit, se propagent. Puis arrive le moment où l'on ne peut même plus penser, impossible de construire la moindre phrase, même mentale, le corps n'est plus qu'un magma d'angoisses, des nœuds et des nœuds, un tas de malheur sans début ni fin. Un matin vers 9 heures, alors qu'elle passe l'aspirateur dans le couloir du 6e étage, Madame H. entend la radio derrière ma porte, elle frappe, je ne réponds pas. Elle insiste. Comme elle remarque que la lumière est allumée – ça filtre sous la porte – elle a un mauvais pressentiment, s'inquiète, finit par appeler les pompiers. On me retrouve inconscient. Une bouteille de vodka vide et des boîtes et flacons de médicaments par terre, notamment des bêtabloquants qu'un neurologue m'avait prescrits contre la migraine. Je me réveille plusieurs jours après, dans une chambre d'hôpital, en réanimation ou soins intensifs, quelque chose comme ça. J'ai très mal à la tête, une barre épouvantable. Je vois la perfusion dans mon bras droit, puis c'est le bruit d'un monitoring, j'ai des fils qui sortent de mon torse, ma bouche est sèche, du buvard, puis c'est le noir, je me rendors. Quelques heures ou quelques jours plus tard, j'ouvre à nouveau les yeux : Il est là, sur un fauteuil à ma droite, en train de lire un livre. C'est Madame H. qui l'a appelé, elle ne savait pas qui elle appelait, mais ayant regardé dans mon téléphone qui par chance était ouvert, voyant tous les sms et les appels avec ce « Patrice », elle s'est dit qu'il fallait prévenir cet ami… Donc il est là et je crois que j'hésite entre la honte et la surprise, je me suis raté, c'est pitoyable. Nos regards se croisent, on ne se dit rien pendant un moment qui me semble long, puis j'ouvre la bouche : Mais qu'est-ce que tu fais là ? Et toi ? me répond-il.

Il est toujours là, dans la chambre de l'hôpital Lariboisière, je comate léger. Un vieux monsieur cancer à la vessie somnole dans le lit à côté. Il est là et il referme son livre, il est en colère, je crois, déçu et un peu désemparé. Il sort de la chambre, va dans le couloir pour passer un appel, revient, se rassoit. Je m'endors à nouveau. Il se met à m'écrire une lettre, papier posé sur ses genoux. Je la trouve à mon réveil, elle est glissée dans un exemplaire de *L'Écrivain et l'autre* de Carlos Liscano.

Eugène Savitzkaya : *Il ne faut pas être malheureux, Hervé : n'avons-nous pas été heureux ?*

Et notre joie suffisamment puissante pour demeurer intacte longtemps encore avant de nous revoir ? Je n'ai pas brûlé ta chemise, je la porterai souvent, même éventée.

Il est parti à Séville où il a sa maison, en ce moment il travaille sur une idée de film, de mon côté il faut bien que je sorte de l'hôpital Lariboisière. On me transfère à Maison Blanche, unité psychiatrique située rue d'Avron à côté de la porte de Montreuil. J'y reste deux mois. Durant le premier mois je suis hospitalisé sous contrainte, c'est-à-dire que je n'ai pas droit aux sorties, je n'ai en ma possession ni rasoir ni cordon électrique, on me retire téléphone et ordinateur, il y a des barreaux aux fenêtres. Deux mois en asile, c'est long, très long, c'est gris. C'est gris et par moments j'ai l'impression que je vais devenir fou de grisaille et d'ennui. Cendrillon en rehab voit du gris partout. Au large, de l'autre côté du périph, des vagues se dressent et tentent de lécher la brume céleste. Tout se passe en silence, dans un silence étouffant, gris, qui serre la poitrine, s'effiloche. Je me retourne et tout est encore plus gris, le lino des couloirs, les angles des murs, les vêtements autour des corps des patients. Le médecin de garde porte un costume bleu marine, chaussures au cuir jaune, une cravate dans les gris foncés. Comment ça va aujourd'hui ? Rien à dire, docteur, c'est la fatigue, la grande fatigue. Rien à dire ? Mais encore ? Pourriez-vous dire quelque chose à propos de ce rien ? Que j'aimerais bien que ça s'arrête, c'est tout. Ah bon ? Et qu'est-ce qui doit s'arrêter ? Tout. Moi. Je me sens sous un ciel couvert traversé par de lourds nuages, masses nuageuses qui se désagrègent, hésitent entre le gris, le noir et le blanc, sans forme ni raison. Vous connaissez Gus Van Sant ? C'est un peu comme ces ciels filmés par Gus Van Sant, *Last Days*, *Elephant*, vous avez vu ? Et *Oslo, 31 août*, et *Sue perdue dans Manhattan*, vous avez vu aussi ? Le docteur sourit, plus malin que moi il ne répond pas. De toute façon je ne suis même pas sûr d'être vraiment sous ce ciel gris dont je parle, peut-être que je suis devenu le ciel lui-même, aérien ridicule, qui a perdu tout repère et la direction de la terre, idem le haut, le bas, le sens commun. Après je dis des choses méchantes, je m'en prends au docteur. Il m'écoute avec son visage impassible, des pleurs m'arrivent, je les retiens, ce sont des pleurs de rage et de haine. C'est fou toute la haine que je peux contenir. Le docteur réfléchit puis répond médicaments le matin à 7h30, médicaments à midi, médicaments à 18 heures, dernière distribution à 21h. Il ajoute qu'il est confiant, il trouve que j'ai de la ressource. Puis, si ça ne marche pas, parce que dans les cas de grande mélancolie la chimie peut ne pas marcher, sismothérapie, on verra. Chaque chose en son temps. Je réponds que je suis d'accord pour tout, pour la chimie et l'électricité. Je voudrais juste dormir et oublier, ne rien sentir.

Donc il est à Séville, donc il a une maison à Séville, c'est cool. Pour moi chaque matin c'est la même grise mine, j'avale les gouttes et je me surprends à aimer ce goût amer qui est celui de ma propre liquéfaction. Le début de la nuit me fait peur mais heureusement il y a les pilules, j'appelle, je réclame Valium, je l'obtiens, merci. Pendant le jour je ne ne parle plus parce que les mots sont devenus trop lourds et la bouche, pâteuse. Pour que ça sorte il faudrait arracher chaque syllabe mais l'effort est trop grand. Je me demande pourquoi c'est comme ça, depuis combien de temps. Pourquoi je reste au fond, sur la vase grise, dans le faible courant ? En même temps je suis là-haut, je le sens, une partie de mon esprit nage encore à la surface. Mais quelle surface, la surface de quoi ? Encerclé par l'horizon, je cherche. Dans ma chambre médicalisée, sous le lit : la plage. Où suis-je ? Encore à Trouville, coincé à Trouville ? De petites mouches et des puces de sable transparentes pullulent, sautent et disparaissent dans le varech. Depuis la route, Maison Blanche est une petite bâtisse aux pierres grises majestueusement placée au milieu d'un parc, j'écris n'importe quoi. À l'intérieur c'est une ruine dans laquelle ruminent de vieilles odeurs d'eau de Javel, de produits détergents. D'étranges phrases reviennent parfois, comme des bouts de ritournelle, ou parfois comme des avertissements ou des indices, des solutions peut-être. Une phrase de Camille Laurens me revient en tête, ne me quitte pas : *La rencontre est une création*. Puis je pense encore au gris, à la couleur grise, je me fixe sur le gris. Je ne veux plus dire ou penser dépression, je ne supporte plus le mot, je dis gris. J'ai la maladie du gris. Le gris n'est pas une couleur, c'est une valeur d'intensité lumineuse, c'est un peu de noir avec du blanc, ça va du lait parfait au noir pétrole et entre les deux ce n'est qu'imperfection. Il y a des couleurs qui montent, le rouge et le vert par exemple, le jaune, et il y a le reste, qui ne monte pas, les teintes. Le gris ne monte pas. Il est sourd et teigneux, sale, mélangé. Je trouve que mon corps est de plus en plus gris. Comme ces plaques de lichen qui envahissent l'escalier des Roches Noires, celui qui donne sur la mer. Je pense à la matière grise, ma nouvelle lubie serait d'épuiser la couleur. Je fais l'effort pour nommer puis visualiser mentalement chaque valeur de teinte : perle, argent, tourterelle, poussière, souris, acier, ardoise, anthracite, pierre ponce, taupe, flanelle… Je compte les moutons, il fait gris, je suis gris, la nuit tous les chats sont gris. C'est une belle non-couleur, le gris. L'éléphant, le rhinocéros et le loup sont gris. Que des animaux sauvages, libres, doués de solitude. Le cri de la corneille le matin est un coup de pinceau gris. Des gouttes de peinture grise tombent sur les boucles de mes lettres. Je vois que la mer est grise, ici elle l'est toujours, jamais bleue. Comme le fleuve. Le ciel, c'est pareil. Paris, les routes et la lune même combat. Et les plages, grèges. Je vis dans le gris, il est mon élément, je ne m'en étais jamais aperçu, pas à ce point. Mais bientôt ça change. C'est de moins en moins le gris du début, simple rejeton des noirs et des blancs. C'est un nouveau gris qui n'est ni chaud ni froid, ni en haut ni en bas, ni centre ni pourtour. Il est partout à la fois comme la musique, ces *Scènes d'enfants* de Schumann. Ce nouveau gris sait que demain sera encore plus gris, comme les cendres dans la cheminée, les vieux films, la peau des nouveau-nés et les photographies anciennes. Gris comme le journal, les lèvres quand il fait froid, les paupières, le sexe. Gris comme l'actualité et la fatigue, comme la lente remontée d'un cercueil dans une église, dans des volutes d'encens. La rencontre est une création, écrit Camille Laurens, la phrase revient comme si elle voulait me dire quelque chose. Je cherche à comprendre.

Il est huit heures moins cinq à Maison Blanche, à vue de nez je dois être là depuis deux semaines environ. Nous dormons debout, certains sont en tenue de ville, les autres sont restés en pyjama. On nous dit d'attendre l'ouverture d'une porte. Puis il est midi moins cinq, nous revoilà sardines décapitées collées les unes aux autres dans ce même couloir, personne ne parle, on dirait que le petit monde s'espionne, se surveille, le troupeau des malades attend l'ouverture du réfectoire, entrée plat dessert, un seul morceau de pain. En cas de faim plus grosse que d'habitude, il faut demander la permission pour obtenir du rabe. Parfois c'est accordé, parfois pas, on sait jamais pourquoi. À dix-huit heures moins cinq rebelote, la même file indienne traîne-savates, le même endroit, le même coin du monde aussi absurde et vain, aussi propre désinfecté devant la même sempiternelle porte fermée. Nous sommes des estomacs qui s'en vont au remplissage quotidien, des corps avec des veines creuses, bleues, des trous à la place des yeux. Ce monde c'est du moi étalé avec de la nature perçue à travers cinq sens, ici ce n'est que ça le monde. Alors, tout est pareil, vous voyez, la veille comme le lendemain, tout est pareil et la vie est une image qui vieillit et jaunit à mesure qu'elle se répète et se prolonge à l'infini. Parfois une crise éclate dans telle chambre ou sous le préau, un accès de violence jaillit comme si une digue venait de céder. Ce sont des cris de guenon. Ces cris donnent l'impression que tel jour a été singulier mais en fait non, c'est le même jour ou bien son frère jumeau, ce sont les mêmes vagues plus ou moins grosses qui s'écrasent contre les mêmes rochers, ça crée des gerbes d'eau salée plus ou moins hautes, mais les rochers n'en bougent pas plus. C'est la même horreur dévitalisée et la même impuissance. La même inertie, la même folie contenue dans une même zone, la zone, cette zone, je veux dire le tunnel où sont les sardines humaines, celles qui attendent d'aller mieux, là où je suis, d'où je ne peux sortir, pas le droit, pas la force.

Un beau jour quelque chose change. Je ne vois plus le troupeau des autres comme un groupe homogène et gris. Un beau jour je découvre des visages, différents, singuliers, des visages qui se détachent. Ce qui était troublé décante et se clarifie. Je me mets à parler avec eux, les autres, je les regarde, les écoute. Parfois on ne se dit rien, on s'échange une clope et on reste assis sur le banc, à regarder le ciel, nos pieds, la pelouse. Des bouts d'histoires commencent à se raconter, histoires confiées ou répétées sous le sceau du secret, des ragots aussi bien, des messes basses, des plaisanteries, des plaintes. Les cris de l'autre jour, ceux de la guenon au pull rose, je ne les entends plus de la même façon. Elle s'appelle Sylvie, celle que tout le monde appelle la guenon. Je sais peu de choses, je sais que Sylvie vient du Rwanda, elle a été adoptée, elle doit avoir entre 25 et 30 ans, peut-être 35, difficile à savoir. Les grands fous sont souvent intacts physiquement, l'âge sur eux semble s'être arrêté, comme les horloges lors des séismes. Sylvie est perdue, dit-on, dans son cas il n'y aurait plus d'espoir, elle est comme ça depuis trop longtemps, c'est foutu. On la garde ici parce qu'il faut bien qu'elle soit quelque part, et c'est une charge trop lourde pour la famille. Elle ne sait que crier comme un animal. Ici, elle est à sa place, ici elle a au moins une place. Ici on se côtoie, on est bien obligé, on se côtoie et donc on s'habitue, à force de s'habituer il arrive qu'on se rencontre. Je n'oublie pas Sylvie comme je n'oublie pas Henri toujours de bonne humeur le matin, Henri qui a été serveur dans une brasserie parisienne toute sa vie, qui n'a pas supporté la retraite, le changement de rythme, l'inaction. Henri s'est retrouvé perdu dans la petite vie monotone du pavillon à Drancy, un soir il a bu trop d'alcool dans le garage, a joué au con, a avalé quelques poignées de médicaments et s'est ouvert le ventre les intestins avec un couteau de cuisine. Son épouse l'a trouvé à temps, ils ont pu le sauver et le recoudre. Je n'oublie pas Monsieur Alvès, 75 ans, Pépé Alvès qui n'est jamais allé à l'école mais qui en parle tant, de l'école, ici d'ailleurs il croit que c'est l'école. Aux infirmières il dit maîtresses. Adolescent, il travaillait dans les champs au Portugal vers la frontière espagnole, il coupait l'herbe à la faux, donnait du fourrage aux bêtes. Arrivé en France clandestinement, il a trouvé un poste de cantonnier, a bossé sur les routes été comme hiver. Par la suite ça s'est amélioré, il a rencontré une Française qui est devenue sa femme, son grand amour. Il a passé un permis poids lourd puis est devenu transporteur routier dans toute l'Europe. Comme il n'était presque jamais chez lui et qu'il avait fini par faire deux enfants, le père Alvès a encore changé de travail, a trouvé quelque chose de plus stable dans la maçonnerie et il finit par obtenir la double nationalité. Son grand projet – ils avaient économisé lui et sa femme qui travaillait en mairie, elle faisait le ménage dans les crèches – était de repartir au Portugal, à la campagne, pour la retraite, acheter une petite maison à retaper. Il était sur le point de réaliser son rêve quand sa femme est morte l'année de cette fameuse retraite, rupture d'anévrisme. Monsieur Alvès est devenu fou de chagrin, vraiment fou. Aujourd'hui Monsieur Alvès est un gentil cinglé, un clown qui parle comme un enfant de six ans, joue de l'harmonica dehors dans la cour et tourne sur lui-même comme un derviche. Il rit beaucoup, fait des blagues, joue à cache-cache. Parfois d'un coup il se met à pleurer mais ça ne dure pas longtemps, il pleure quelques sanglots puis se met à chanter *L'Oiseau et l'enfant* de Marie Myriam, en dansant, en faisant l'oiseau, alors tout va mieux, les larmes s'envolent. Ses enfants ne viennent plus le voir, ils disent que le spectacle est trop difficile pour eux, ils disent que leur père, celui qu'ils ont connu, est mort. Je n'oublie pas le bel Antonin aux yeux vairons, l'aimable Antonin aux tatouages sur les doigts, aux fulgurances dans le regard, Antonin 23 ans et son âme gothique, tourmentée, son âme de génie, forcément écorchée. Je n'oublie pas Farida, la douce Farida qui avait les cheveux longs et des mèches décolorées il y a cinq ans – elle m'a montré des photos. Elle se maquillait, était si pleine de vie. Aujourd'hui elle porte le voile et baisse les yeux quand elle dit bonjour. Elle est toujours aussi jolie mais elle est comme éteinte, et elle a beaucoup grossi. Farida est toujours prête à réconforter le premier venu qui craque ou fait une crise d'angoisse.

Un jour, comme ça, juste pour parler, je lui ai demandé si elle avait des enfants : cinq m'a-t-elle répondu dans un large sourire. Puis le sourire a diminué et elle a précisé : cinq moins deux. Je fus terriblement gêné, j'avais peur de comprendre, j'allais pour m'excuser puis elle m'arrêta, m'expliqua que ce n'était pas de ma faute si je n'étais pas au courant. Le père ne supportait plus les cris et les jeux bruyants des jumeaux de quatre ans, deux garçons un peu turbulents. Un soir à bout de patience à bout de nerfs il les a tabassés, tête contre tête, puis jetés contre le mur du salon, ils sont morts sur le coup. Le mari est aujourd'hui en prison, il a pris trente ans, ça s'est passé il y a deux ans, depuis Farida fait des séjours psy, elle flanche régulièrement, en particulier au moment des anniversaires de naissance et de mort. C'est la grand-mère qui s'occupe des trois autres frères et sœurs, ils vivent au Val d'Argenteuil, pas loin de la Dalle, là où Sarkozy avait craché son histoire de karcher. Farida dit doucement que Dieu les a repris, il doit avoir ses raisons, *Inch'Allah*. Je n'oublie pas Madame Zong, Chinoise qui a vécu plusieurs années dans un appartement ravioli à Belleville, à travailler clandestinement, une esclave ; Madame Zong, qui se faisait frapper par son mari mac, est devenue folle, simplette, je ne sais pas pourquoi, je veux dire que je ne sais pas comment ça s'est produit, chez elle la raison a foutu le camp, pétage de plombs. On dit que la pathologie de Madame Zong est lourde, on parle de psychose, de démence. Elle ne dit plus un mot, elle grogne. Il lui arrive de faire pipi debout devant l'ascenseur, elle peut déféquer dans les couloirs, parfois elle crie comme si elle voyait un fantôme. Je l'aime beaucoup, Madame Zong, je passe beaucoup de temps avec elle, je crois je suis sûr qu'elle est tout sauf bête, je le sens, j'ai l'impression qu'au fond elle n'est pas dupe de tout ce cirque. Un jour je lui ai proposé une photo, un *selfie* à deux, elle a marmonné un oui, a souri puis est montée dans sa chambre en courant, elle est redescendue aussi vite, elle avait mis du fard sur ses paupières, du fard rose avec des paillettes, nous avons fait la photo dans la cour. Je me suis fait engueuler par une secrétaire parce qu'on n'a pas le droit de prendre des photos des patients. Une amie un jour m'a raconté la tradition japonaise du Kintsugi, littéralement jointure en or. À la fin du XVe siècle un shogun dont j'ai oublié le nom a renvoyé en Chine un bol de thé chinois pour le faire réparer. Le bol est revenu avec de vilaines agrafes métalliques. Les artisans japonais ont donc inventé une technique à base de laque mélangée à de la poudre d'or, le bol était ainsi mieux que réparé, il était augmenté de cicatrices dorées. Je n'oublie pas Samantha, la dernière arrivée, lumineuse, insolente, blonde comme Marilyn, j'ai aussitôt pensé à Nelly Arcan quand je l'ai vue débarquer. Samantha est la preuve qu'on ne naît pas femme comme disait Simone, on le devient, ça se construit. Si les chromosomes de Samantha sont toujours XY, elle est femme jusqu'au bout des ongles, dans le malheur dans la joie, du matin jusqu'au soir. Je n'oublie pas Chantal, les yeux de Chantal comme des billes bleues, Chantal et ses passions, sa peur des trains pour la Pologne, ses colères, sa joie, ses illuminations. Sa voix de velours cramoisi. Il y en a d'autres. Ils sont nombreux. Momo l'alcoolo, Marie l'anorexique, Robert le flic de la BAC qui a fait un burn-out, ils sont nombreux. Il y a tant de souffrance et on va tous mourir, il faut s'aimer, s'aider, vite, urgemment.

Je communique à nouveau, je vais un peu mieux, on m'a rendu mon portable et mon ordinateur. La contrainte a été levée, je suis désormais en hospitalisation libre. Je peux envoyer des lettres, écrire des mails, je reprends langue. J'écris aux amis, je donne des nouvelles, je leur demande de me raconter « dehors », comment ça se passe dehors, c'est fou comme on peut vite oublier le monde du dehors, ce qu'on appelle la réalité, soi, les amis, les autres. Camille, Emmanuel, Jean-Baptiste, Laurence. Avec Annie j'entre dans les détails, je raconte ma vie à Maison Blanche. Annie me répond : « Quelles histoires, Olivier, quelles vies, ironie tragique, c'est votre geste de désespoir qui vous a donné accès à elles, à ces êtres que vous n'auriez peut-être, sûrement, jamais connus autrement. En un sens, un seulement, même si vous êtes coincé dans cette clinique, vous avez de la chance, vous êtes à nouveau au cœur de la vie, grâce à eux qui se racontent avec confiance, qui vous donnent. Recevez. Amitiés, Annie. »

C'est vivre et cesser de vivre qui sont des solutions imaginaires. L'existence est ailleurs.

André Breton

Du temps passe, Anafranil. Ça va un peu mieux, Dépamide. J'ai encore quelques crises d'angoisse et de panique, Tercian, Rivotril. Il y a les bons jours et les autres avec les fourmis dans les jambes, les impatiences, la respiration bloquée, les douleurs intercostales. Il y a la mort subite du nourrisson, le fait est que je pense beaucoup à la mort subite de l'adulte, ça existe ? Je dis n'importe quoi… Quand ça déraille de trop on me calme à coup de Tranxène, piqûre dans la fesse pour que le soulagement arrive vite. Les jours se suivent, à peu près identiques. Puis un jour une infirmière vient me réveiller, j'ai une visite, quelqu'un m'attend dans la cour. C'est lui. Il vient me visiter au bout d'un mois et demi. Je suis heureux de le voir. On s'assied sur un banc, devant le petit carré de pelouse.

– Ça va ?

– Comme tu vois, on fait aller.

– Bon, la prochaine fois que je rencontre un durassien, je serai sur mes gardes.

– Pourquoi tu dis ça ?

– À ton avis, regarde-toi. Alors, détruire, disait-elle ?

Le fait est qu'il arrive à me faire rire, tout devient beaucoup moins grave en sa présence. Là, sur le moment j'oublie son nom, je veux dire que son nom ne compte plus, il n'a plus qu'un prénom et ce prénom est Patrice. Le fou qui ressemble à Buster Keaton et demande toujours du feu nous tourne autour comme un vautour puis approche, je réponds que je n'ai pas de feu. J'explique à Patrice que ce type est hospitalisé depuis des années, qu'il a perdu la boule, il aurait – à ce qu'on dit – mis le feu à sa maison en tuant sa femme lors de l'incendie, depuis il demande du feu, à tout le monde, même s'il ne fume pas. Patrice m'écoute mais je remarque qu'il regarde tout, partout, il a un œil sur moi et sur tous les autres, il radiographie. Il est comme une machine qui enregistre. En fait il travaille, il fait des plans, des zooms, des cadres. Ça me fâche un peu, je crois que ça blesse mon ego, je ne sais pas, ça m'énerve. Bêtement ça me vexe et bêtement je fais la gueule. Il y a un bout de pelouse, devant nous, un petit bout minable, un carré. D'un coup je vois toute la végétation qui s'y trouve, les forêts, la savane, les mangroves. C'est agréable, je laisse mon regard se perdre et c'est l'Amazonie, les marais bretons près de Guérande. Quand on est privé du monde, c'est fou comme on peut l'apercevoir tout entier dans un simple grain de sable. Il interrompt ma rêverie, me tend une grosse enveloppe kraft. Un cadeau ? J'ouvre l'enveloppe, c'est un dossier relié, je feuillette les pages et je me rends compte qu'il s'agit de tous nos sms et mails archivés, toutes nos lettres retranscrites, toute l'époque *Tristan*, novembre et décembre 2007, ne manquent que les appels téléphoniques. Il voit ma grande surprise, il dit : Parce que j'imagine que toi tu n'as rien sauvegardé !? Le fait est que non, je n'ai rien archivé, les sms doivent être là, quelque part ou perdus dans mon téléphone, les mails sont sûrement dans ma boîte mail mais je n'ai pas classé, sauvegardé, j'ai encore moins imprimé. Pourquoi me donne-t-il tout ça maintenant ? Qu'est-ce que ça veut dire ? Est-il en train de me dire adieu, serait-ce une sorte de solde de tout compte ? Je demande : Pourquoi tu me donnes ça ? Il répond : Pour que tu lises, pour que tu voies qui tu es. Pour que tu écrives peut-être, qui sait ?

Je ne dis pas merci, merci ne me semble pas le mot approprié. Il y a un silence assez long puis je dis Et toi, ça va ? Depuis New York, depuis Séville… Il se met à me parler d'une idée de film, il a un nouveau projet, justement il a également apporté quelques notes, ça s'appelle sobrement *Notes pour un film*, il s'agit de cinq pages dactylographiées. Il dit que puisque j'ai du temps, ça lui ferait plaisir que je lise puis lui dise ce que j'en pense. Avant de partir il m'offre une cartouche de clopes achetée en duty-free, des JPS noires. Je retourne dans ma chambre et je lis les pages, je ne sais pas quoi en penser. C'est bien. C'est très bien écrit, la forme est très littéraire. C'est un noyau d'histoire ou l'amorce d'un roman, des personnages sont esquissés, ça pose beaucoup de questions, ça donne peu de réponses, bon. Vraiment je ne sais pas quoi dire, puis je ne suis pas au mieux de ma forme, j'ai encore le cerveau rouillé... Je ne peux quand même pas lui dire que c'est bien, juste ça ! Comme je ne sais pas comment répondre, je fais ce que je sais faire, une lettre. Je m'adresse à lui comme à l'époque de Milan, mais cette fois ce n'est plus la main de Tristan qui écrit, c'est moi, c'est nous, et nous écrivons dans le prisme d'un objet, un tiers, ces notes pour un film. Je lui pose des questions, lui envoie quelques propositions ou éléments de réponse. J'essaie de lui dire comment je comprends les choses et comment je ne les comprends pas. Tout lui est adressé. J'envoie la lettre manuscrite, je la donne à l'accueil de Maison Blanche, ça part chez lui au 4 rue de Braque Paris 3.

Il répond de la même façon, une lettre une réponse dans le prisme du film. C'est une drôle de chose qui commence – ou recommence. Nous reprenons le dialogue là où nous l'avions laissé mais cette fois il y a triangulation, un troisième acteur est là, le film à venir. Quand je ne sais pas formuler mon avis sur telle ou telle scène, je la reprends, la réécris à ma façon, dedans, et il répond lui aussi, dedans, garde des choses, en écarte d'autres, ça crée une sorte de ping-pong. C'est un jeu, un jeu sérieux. C'est un peu fou bien sûr ce n'est plus la même folie, nous nous emportons mais cette fois c'est plus terrien, plus lesté, il y a désormais une construction réelle, des personnages autres que nous, Daniel et Sonia, ce film, un film possible comme il dit. Nous ne sommes plus amoureux l'un de l'autre, je crois, nous sommes éventuellement amoureux d'une construction devant nous, un film qui se trouve quelque part dans l'avenir.

Un jour il me pose des questions sur mon enfance, il voudrait que je lui parle de mon enfance à Tarbes. Si tu avais une première image de ton enfance, une première scène, ce serait quoi ? Je réfléchis puis je réponds : Les pieds dans le caviar. Les pieds dans le caviar ? Qu'est-ce que ça veut dire, Olivier ?

Je suis gamin. Jérôme Léon a dix ans ou quelque chose comme ça, nous sommes à Lourdes, dans la cuisine avec ma mère, ma grand-mère et ma sœur. C'est dimanche, on mange du gâteau au yaourt qu'on trempe dans du thé au lait, mon père et mon grand-père, les hommes, regardent le match dans le salon. Je ne sais pas où me mettre, je suis trop petit pour sortir dans la rue tout seul, je m'ennuie, je ne lis pas – je n'ai pas encore découvert la lecture –, il y a trop de bruit, la télé, ma grand-mère un peu sourde… Mon enfance est un terrain vague, il y a les montagnes et beaucoup d'ennui, je ne fais pas de ski, je ne ferai jamais de ski, trop cher un sport de riche, je ne glisse pas sur les montagnes, sur les pentes, je bute contre elles. Je me sens coincé entre la cuisine et le salon, entre le côté des femmes et le côté des hommes. Comme chaque dimanche ma mère et ma grand-mère s'échangent les magazines de la semaine : *Gala*, *Match*, *Femme actuelle*, *Télé 7 jours* et leur préféré, *Point de Vue Images du Monde*. Elles s'échangent les revues et elles commentent. C'est fou, elles connaissent tout des cours et des familles royales, les naissances, les morts, les divorces. Elles savent tant de choses, qui a fabriqué telle robe de mariée, les noms des parrains et marraines de telle petite duchesse bébé. Elles savent la généalogie et où partent ces gens en vacances, le nom de leurs châteaux et domaines, les bijoux, le nom des diamants, les liens de famille qu'ils ont entre eux. Un autre dimanche, nous mangeons le riz au lait encore tiède, Lady Di est la préférée, elle vient d'épouser son prince Charles, elle est si belle, si fragile, si triste, le riz au lait refroidit. J'adore l'espèce de croûte molle qui se forme alors dessus, c'est ce que je mange en premier. Monaco les intéresse beaucoup, également. Ah, le Rocher, la Riviera, quel cinéma ! Surtout Caroline, quelle classe, comme sa mère, la même sorte d'élégance mais en brune. Stéphanie en revanche c'est dommage, elle est un peu vulgaire, non ? Quant au Prince Albert, ne serait-il pas un peu falot ? Mais Stéphanie c'est sûrement dû à l'accident, il paraît que c'était elle sur la Moyenne Corniche avec Grace, quand la voiture a quitté la route… Grace était trop parfaite pour bêtement rater un virage, non, c'est la petite qui devait être au volant… Forcément ça marque… J'écoute, ça me fascine et ça m'énerve, ça me fascine et ça m'écœure. Ça me révulse au plus haut point quand ma mère et ma grand-mère disent « les gens de la haute », quoi les gens de la haute ? Nous serions – je serais – donc de la basse ? J'ai envie de crier, de tout casser, de balancer le saladier de riz au lait par la fenêtre ! Je n'aime pas *Point de Vue Images du Monde*, je sais intuitivement que ce ne sera jamais pour moi, que l'accès est impossible, question de sang, de naissance. Je suis plus intéressé par une rubrique à la fin de *Match* : *Les pieds dans le caviar*, ça s'appelle. Ce sont des photos des événements et autres soirées parisiennes, tropéziennes, rétaises. La petite foule nocturne est plus bigarrée : des gens de la télé, acteurs et actrices, des dandys, mannequins, créateurs de mode, chefs d'entreprise. Ces gens-là sont de l'autre côté, certes, l'autre côté des montagnes, d'une certaine façon ils sont mes ennemis mais je ne sais pas pourquoi, je me sens capable de batailler avec eux, capable de les atteindre, un jour, on verra, duel ou corps à corps, d'égal à égal, on verra. Dans mon enfance le temps s'interroge sur son avenir menacé, à mon insu. Dans mon enfance vacille la possibilité d'un futur sans Lourdes, sans riz au lait, sans cancan et sans ennui.

Un matin il m'envoie un sms dans lequel il dit qu'on ne rencontre pas les gens en faisant l'amour ni même en vivant avec eux, on les rencontre en travaillant avec. La phrase me plaît, je la relis, la médite. Je tape une réponse mais le portable vibre à nouveau, c'est encore lui : Olivier, je retire ce que je viens de dire, c'est absolument con comme toutes les déclarations définitives, je ne suis plus sûr de rien. C'est toi qui sais et moi qui cherche. Allez, je t'embrasse, à bientôt, courage, p.

Enfin, je sors de Maison Blanche, presque trois mois se sont écoulés. Comme j'ai perdu ma chambre de bonne – n'ayant pas payé les loyers –, comme je n'ai plus mon travail chez *Quasimodo Souvenirs*, Thomas, un ami, m'héberge chez lui rue Martel dans le Xe arrondissement. Le première chose que je fais en quittant Maison Blanche, c'est aller voir un ami, Hervé, et je lui demande de l'argent. J'achète un énorme bouquet de lys blancs, je vais le poser devant la porte de la loge de Madame H. la concierge à Gambetta. Je reprends petit à petit mes marques dans le « monde réel », c'est comme une rééducation. C'est aussi l'époque où je revois beaucoup Françoise, une autre amie. Il y a donc Paris à nouveau, la liberté retrouvée, Françoise, Thomas. Et lui, pas loin, plus loin, ailleurs, dans le monde, sur les cinq continents.

Un jour, nous nous promenons avec Françoise, d'un coup elle m'annonce qu'elle va quitter Paris pour s'installer à la campagne où elle a une petite maison : Je suis fatiguée de la ville, Olivier, c'est plus comme avant. Et je n'ai plus envie de mettre plus de la moitié de ce que je gagne dans un loyer, ça ne rime plus à rien. Et puis je sors de moins en moins, je ne vais plus au théâtre, au cinéma… J'ai une petite maison en Corrèze, un héritage du côté de mon père, c'est à vingt minutes de Brive-la-Gaillarde. C'est pas le grand luxe, la maison a besoin d'être retapée, ça fait des années qu'elle ne sert qu'aux cousins pendant les vacances… je ne suis même pas sûre qu'elle soit vraiment étanche. Mais bon, c'est un petit village médiéval, c'est assez beau, ça s'appelle Donzenac.

Je suis surpris mais je sais que Françoise n'est pas une femme capricieuse, c'est une décision réfléchie et peut-être qu'elle a raison, c'est peut-être une bonne idée, en effet, se mettre au vert. Mais je suis en train de la perdre. Nous marchons lentement, nous descendons le Faubourg du Temple. Arrivés devant sa porte : La seule chose qui m'inquiète c'est l'isolement, Olivier, au moins les premiers temps… ou bien il faudrait que je trouve quelqu'un de suffisamment fou pour m'accompagner ? Nous nous quittons sur ces mots, à tout bientôt Françoise, bonne soirée. Je marche jusqu'à République, m'assieds sur un banc, je fume une clope. Je regarde autour de moi, les gens, la Marianne en bronze noir, le petit garçon sur son tricycle, son jeune père qui semble sortir de chez le coiffeur, qui a l'air tellement fier de son enfant. Je regarde les papys et les mamies, les vélibs, je pense à l'enfant que je n'ai pas, que je n'aurais probablement jamais. Je pense à mes errances, à mes plans dérives ici à Paris, les sites, les applis, les backrooms, les saunas et les doubles, multi, extra-vies. D'un coup ça me dégoûte, d'un coup je me dégoûte et je me sens trop vieux pour tout ça, j'ai 35 ans. Je me dis que je n'arrête pas de fuir, de courir à toute vitesse, courir partout, dans le métro, dans la rue, dans la nuit, courir pour oublier. Oublier quoi, qui ? Je vois la petite jouissance que je répète dans la névrose, sans fin. La petite jouissance qui se termine toujours sur l'insatisfaction la plus complète, un désarroi qui serait insupportable s'il n'y avait la fatigue du corps et le sommeil pour réparer, post coïtum l'animal est triste, tellement triste. Alors, fuir, oui, partir. Et je n'ai pas de carte d'identité, la mienne est périmée depuis des années, je n'ai ni carte bleue ni chéquier, je n'ai qu'un livret à la Poste comme les ados, je retire directement au guichet, je n'ai pas d'emploi qualifié, pas de mutuelle, pas de pass Navigo et je me crois libre, indépendant ! Je pense aux dépistages VIH que je fais tous les trois mois à peu près, à ma peur incontrôlable à chaque fois, peur de quoi ? Le sida n'est plus mortel, non ? Si ? Je veux dire chez nous dans les pays riches... Je pense à toute l'énergie que je disperse sans rien construire, le contraire de Patrice. Dans cette société il faut un salaire ou une rente, ou un peu de patrimoine pour dormir tranquille. L'écriture ne nourrit pas son homme, c'est bien connu. Je n'ai plus l'âge de Manon Lescaut et du chevalier Des Grieux, et ces deux-là n'ont pas été heureux très longtemps. Je pense à la Sylvie et à l'Aurélia de Nerval : la première pragmatique – Il faut songer au solide – et la seconde onirique, poursuivie par Nerval dans le texte qu'il écrivit justement dans une maison de santé. Je pense à tout cela, au trop-plein, au vide, à la saturation insupportable des grandes villes, je décide d'appeler Françoise : Allez, ne cherche plus le fou pour t'accompagner, c'est moi.

Nous partons un mois plus tard, je dis adieu à Paris. Thomas me laisse faire tandis que Patrice me prévient, me met en garde, il n'est pas sûr que ce soit une bonne idée, il dit que je suis un garçon de la ville et même du centre-ville, alors la campagne… Mais tu dois faire cette expérience, conclut-il. Au début avec Françoise, c'est génial. La maison est délabrée mais nous travaillons à la rendre habitable, je me découvre même des talents de plombier. Nous coupons du bois dans la forêt, ramassons des brindilles, nous repeignons, nous ponçons, nous nettoyons les parquets, on récure et on vitrifie, on achète de la laine de chanvre bio pour colmater le grenier… Au bout de quelques semaines la maison devient agréable et présentable, c'est même assez joli ce que nous avons construit, notre nid. Je découvre dans ce travail quotidien et concret le plaisir de la part qui ne m'appartient pas : ce que je produis, que je répare, que je ne réalise pas en mon nom et qui n'a pas ma signature, le genre de travail qui calme les égos sujets à la dilatation. De plus c'est du labeur au résultat immédiatement visible, utile. Les semaines passent, je raconte tout à Patrice, chaque jour un mail, c'est comme un journal que je tiens et que je lui adresse. J'ai le meilleur lecteur du monde, le plus beau des compagnons secrets. Puis à côté des mails nous retrouvons nos sms, il va reprendre *De la maison des morts* de Janacek, je crois qu'il travaille à nouveau avec T. Je ne sais pas s'il est toujours avec lui, il ne me parle plus vraiment de T. ou quand il le fait je sens qu'il y a moins de feu, je veux dire moins d'actualité, je ne sais pas, peut-être que j'invente tout ça. Patrice se confie peu de toute façon, il sème des bribes, comme des morceaux de puzzle, et même quand il se confie il reste discret, opaque. Je crois que je le comprends mieux maintenant. Il a vraiment plusieurs vies, il a des vies comme des bulles étanches, et ce qu'il y a de formidable chez lui c'est qu'il existe tout entier dans chacune de ces vies. Il ne divise pas. De la même façon qu'il peut passer du théâtre au cinéma à l'opéra, il a telle vie, puis telle autre, puis telle autre encore, il les vit ensemble, sans mensonge, pas la moindre duplicité chez lui, c'est difficile à comprendre pour le commun des mortels. La plupart des gens, la grande majorité, n'a qu'une vie et c'est déjà beaucoup. Lui, il a tellement de force, d'appétit et d'énergie qu'une vie ne lui suffit pas, il en a donc plusieurs et il est capable de les vivre. Depuis que j'ai compris ça, je le vois autrement et quelque chose s'apaise entre nous. Je l'accepte tel qu'il est, avec tout son mystère. Il m'échappera toujours, jamais je ne le comprendrai vraiment, mais c'est bien, c'est ainsi, c'est bien, j'ai juste de la chance de le connaître un peu. Il aime toujours mes détails, en redemande. Parfois il évoque un peu sa vie autrement plus brillante que la mienne, ses projets, des nouvelles de Guyotat, l'effervescence en ce moment, il prépare une grande expo pour le Louvre. Il va monter deux pièces, il me raconte qu'il est allé en Norvège pour rencontrer Jon Fosse, il dit qu'il avait un peu d'appréhension comme avant son premier rendez-vous avec Genet il y a longtemps. Il dit que finalement il se demande si l'écriture et la poésie ne sont pas les formes d'art les plus abouties. Il se ravise : Il y a la musique, quand même, comment oublier la musique ? Et s'il fallait choisir entre littérature et musique, je demande. Mais il ne faut pas choisir, Olivier, pourquoi choisir, qui te demande de choisir, tout est à prendre. Je suis d'accord. Est-ce que je supporterais la campagne sans la musique ? Depuis quelque temps je me suis fixé sur Brahms, je n'écoute que ça, Ginette Neveu en particulier, le concerto pour violon, la version live de 48. Brahms, l'enveloppante douceur de Brahms…

Marcel Proust : *La musique est peut-être l'exemple unique de ce qu'aurait pu être – s'il n'y avait pas eu l'invention du langage, la formation des mots, l'analyse des idées – la communication des âmes.*

Nous continuons sur l'idée du film, ça se précise, on écrit des bouts de scènes maintenant, des bouts de dialogues. En particulier une scène un peu casse-gueule où le jeune héros et son amoureuse discutent au téléphone un soir tard, lui est à Bagnolet, elle sera aux États-Unis ou au Canada. Il me pose des questions étranges, sur mes vêtements, ce que je porte dans telle ou telle occasion. Il appelle Thomas le meilleur ami du personnage principal, l'autre ami s'appelle Michel, comme mon père. Daniel, le héros du film, fait des travaux genre bâtiment, réparation, chantier, comme mon père. Est-ce que je me fais un film ? Est-ce que je délire ? Pourquoi fait-il tout ça ? Pur hasard, coïncidence ? Je ne relève pas, je n'ose pas poser de questions. Ça me plaît d'imaginer que je suis quelque part dans le film, ça me flatte, je ne pose pas de questions parce que je n'ai pas envie qu'il me détrompe.

Puis l'hiver s'installe et ça devient dur, beaucoup moins drôle à Donzenac. Il fait moins 8 dehors, dans la maison on doit atteindre 10 ou 12 degrés maximum. De la buée s'échappe de nos bouches quand nous parlons, nous dormons avec deux ou trois pulls, des bouillottes aux pieds. Nous n'avons pas de voiture, très peu d'argent, bref deux handicapés sociaux, deux Parisiens à la campagne. Il y a bien une supérette dans le village mais à cause de la neige elle est souvent fermée. La promiscuité devient désagréable et je crois que pour Françoise c'est pire encore. Elle n'a pas l'écriture, elle n'écrit pas donc elle est tout le temps dans le réel, face au froid. Moi j'ai cette chance, je me suis remis à écrire, je peux oublier le froid. Avec Françoise nous échangeons de moins en moins, ou alors c'est pour répéter les mêmes choses, elle commence à me donner des ordres, tu pourrais faire ci, tu devrais faire ça dans la journée ou tout de suite. Ce sont des ordres ou des conseils, peu importe je les reçois comme des ordres, et c'est désagréable. Le temps passe et ça se complique entre nous. Nous devenons des spécialistes du chaud et du froid : une petite remarque gentille suivie aussitôt par un tacle, une remarque aimable puis hop, un reproche. C'est difficile à décrire, on se harcèle sans se l'avouer. C'est imperceptible au début, la relation se dégrade chaque jour un peu plus. Au début on n'ose pas relever, on n'ose rien se dire parce qu'il n'y a pas de problème majeur, c'est juste qu'on se supporte de moins en moins. Le vrai personnage d'un couple, c'est le temps. Je me plains auprès de Patrice qui essaie de me remonter le moral mais en même temps je sens que cette histoire le passionne, les détails, ce qui ne s'invente pas. Il me pose des questions, un jour il fait un parallèle avec l'un de ses films, il dit qu'il voit très bien la chape de plomb dans le huis-clos d'une maison. Il ajoute : En plus vous n'avez pas le sexe pour vous aider à évacuer les mauvaises énergies ! Il faut dire aussi que le manque d'argent devient problématique, oppressant. J'ai fait un dossier RSA mais pas de réponse, je suis censé avoir un rendez-vous à Brive mais rien ne vient. Et c'est fou tout le bois qu'une cheminée peut avaler ! Françoise et moi : deux Sisyphe, deux chaudronniers en enfer.

Un jour je reçois une lettre, c'est lui, un chèque de 500 euros avec un petit mot : Pour le bois, la chaleur, juste pour voir venir. Tu me rembourseras quand tu auras le Goncourt ! Love, p.

Puis un autre jour, je m'aperçois que je n'ai plus de nouvelles du fameux film, plus rien depuis un bout de temps. Il me semble très occupé, soucieux, comme parti ailleurs. Je me dis que c'est pas compliqué, il a dû rencontrer quelqu'un. Alors tant mieux s'il a trouvé l'amour, il est fait pour ça, et l'amour est fait pour lui. De toute façon je m'en fous parce que j'ai des problèmes de température, des problèmes d'isolation, on a froid dans la maison, je me répète car on a froid tout le temps, et ça nous torture. Je crois que je ne digère pas la disparition du projet film, je m'étais habitué à notre ping-pong, nos lettres. Puis j'ai rêvé, j'ai cru que j'allais travailler avec lui. Je me suis encore trompé. L'avenir m'inquiète, je ne vois pas le bout de l'hiver, la vie s'enlise.

Je sais juste qu'il a un problème avec le titre, il ne trouve pas de titre. Il me confie qu'il ne pense qu'à *La Douleur*, qu'il n'a que ce mot en tête. Évidemment ce n'est pas possible. Je réfléchis, je ne sais pas d'où ça vient, d'un coup ça matche dans ma tête, je lui dis : Persécution ! En plus tu n'as même pas besoin de le traduire en anglais… Je fais chou blanc, ça n'a pas l'air de trop lui plaire, il me demande pourquoi Persécution ? Je réponds que son personnage, son Daniel, persécute tout le monde avec son amour et ses désirs contraires, contrariés et contrariants, mais en fait il se persécute lui-même en premier. S'il est bourreau des autres, c'est d'abord parce qu'il est victime de lui-même, de son insatisfaction chronique, parce qu'il a cette maladie d'attendre et de vouloir que la vie soit toujours plus que la vie, plus vraie que la vérité, plus colorée que les couleurs… C'est facile pour moi de dire tout ça, je parle comme je pourrais le faire en analyse… Je parle de Daniel mais je parle de moi, bien sûr. Je laisse passer tout un mois puis je lui écris : Et le film ? Notre dialogue, fini ? Il me répond en demandant pardon pour son silence, il ajoute que le dialogue n'est pas fini, au contraire, le film va sûrement se faire, il a trouvé un producteur et un acteur pour le rôle de Daniel. Pour le rôle de la fille il hésite encore, il fera passer des auditions. Je lui demande : et le scénario ? Il me répond que tout va bien, il a tout confié à sa scénariste, elle y travaille, elle rendra une première version dans quelques semaines. Je te ferai lire, dit-il. Ok. Cet hiver-là je n'écoute que Brahms, Bowie, Nina Simone,

Moondog et Antony and the Johnsons. La vie est ailleurs et je ne sais plus ce qu'aimer veut dire.

Dostoïevski : *L'amour, c'est donner à quelqu'un le droit de vous persécuter.*

Ça va de plus en plus mal avec Françoise. Parfois j'ai l'impression qu'elle délire, qu'elle déraille, mais je n'oublie pas que nous sommes une sorte de couple donc si délire il y a, j'y suis pour quelque chose, j'accompagne le délire. Un jour je n'en peux plus, vraiment je n'en peux plus, impression d'être arrivé au bout de mes limites, de ma patience, ça va trop mal avec Françoise. Nous vivons sous le même toit comme deux ennemis qui n'osent même pas se déclarer la guerre. Je m'inquiète, tout ça va mal finir. J'appelle Thomas. J'essaie de lui expliquer la situation, il dit qu'il vient me chercher le lendemain, fais tes valises, il est temps de rentrer à Paris. Au moment du départ c'est glacial entre Françoise et moi, nous tremblons tous les deux, de rage et de déception, de tristesse, de colère, sentiment d'un vaste gâchis. Théâtral, je jette les clefs par terre, à ses pieds. Voilà Françoise, je te rends la clef des champs. On parle peu avec Thomas dans la voiture, c'est bien. On se parle en silence. Je textote avec Patrice, on écoute la radio, c'est d'abord la douce voix de Colette Fellous sur France Culture puis c'est Chérie FM, *Idées noires*, Catherine Ringer et Bernard Lavilliers, génial, c'est tellement ça : supériorité de la chanson populaire. Nous arrivons à Paris vers 2 heures du matin, je me sens de retour chez moi, libre à nouveau. Paris, mon terrain de jeux préféré, là où je me sens moi-même, heureux ou malheureux, là où je peux être celui que je veux. Paris mon échiquier géant, là où je suis pion, cavalier, tour, fou, roi, reine, les combinaisons sont infinies. La vie est ailleurs et je ne sais toujours pas ce qu'aimer veut dire.

L'amour, c'est vivre dans l'imagination de quelqu'un.

Antonioni

Je retourne vivre chez les uns chez les autres, comme un coucou, je me transporte de canapé en canapé, un gitan, un nomade. Un parasite ? Puis un jour, Anne, la mère de Thomas, m'appelle et me propose de venir m'installer chez elle rue de Fleurus, enfin chez eux, les parents de Thomas, Anne et Émile. L'appartement est grand et ils ont une chambre libre. C'est du provisoire, Olivier, mais du provisoire qui peut durer un peu. Le seul problème, tu sais, c'est Émile, tu sais qu'il est très malade, j'espère que cette vision ne sera pas trop éprouvante pour toi. Émile a une maladie neurodégénérative, un truc incurable, il a 78 ans. Les semaines passent et comme je suis là, je m'occupe de lui, je veux dire que je passe du temps avec lui. Je me sens utile, je rends service, ça me fait du bien. Puis c'est un jeudi, il m'envoie un sms pour savoir si je suis libre le week-end suivant. Je réponds que oui. Il dit d'accord, rendez-vous demain à 10 heures précises à l'aéroport Charles de Gaulle, Terminal 2, on rentre lundi dans la journée. Pas de valise, juste un bagage léger, quelque chose qu'on puisse mettre en cabine. Love, à demain, p. Deuxième sms dans la foulée : Non, le mieux c'est que tu sois en bas de chez moi à 9h15 au plus tard, on prendra un taxi, c'est plus sûr, et puis dis-moi vite quelle taille tu fais pour veste et pantalon, merci, p.

C'est la première fois qu'il me fait une surprise. Jusqu'à présent ses surprises, ses cadeaux, ont été des livres. Je suis excité, curieux, fier. Parce que je vais être avec lui. Parce qu'on ne m'a jamais fait le coup de la destination inconnue. Je suis heureux mais je me tempère aussitôt, je sais qu'il n'aime pas voyager seul. Alors, je me dis que de toute façon, moi ou un autre, c'est sûrement pareil. Même si là, c'est moi. Avec lui il m'arrive de me sentir interchangeable et ça ne me dérange pas. Je perçois ma place, je me sens remis à ma place et quoi qu'il dise, je sais que je ne suis pas l'élu et c'est aussi bien comme ça. Je suis celui qui l'accompagne aujourd'hui : demain ce sera un autre, comme hier. Pourtant il m'aime bien, il m'aime peut-être mieux que bien, et moi aussi à ma façon je l'aime bien, beaucoup, bref… plus envie d'analyser, de chercher la définition, décortiquer le mot amitié. Pourquoi les gens se plaisent, pourquoi se voient-ils à certaines périodes de leurs vies alors que la plupart du temps ils passent les uns à côté des autres, passants dans la rue ou dans le métro, aveugles, dans leur bulle étanche, sans se rendre compte de rien alors que l'amour fou est là juste en face, dans la même rame de métro, à quelques mètres, juste en face, oui, tel matin de grisaille... Je me dis que la rencontre n'est qu'une question de juste moment, telle personne prête croise telle autre personne prête elle aussi, ça crée un point d'intersection, ou pas. C'est géométrique en fait, c'est une histoire de symétries. Et puis j'en sais rien, je change d'avis sur l'amour chaque jour, tout est peut-être encore plus simple que ce que j'imagine : recevoir et donner comme il m'avait écrit, donner et recevoir ce qu'on a donné. Mais voilà, j'ai comme une intuition tenace, il faut que je me protège désormais, c'est pas sa faute mais il est si fort, si doux et si exigeant, c'est intimidant cette force de la nature, à certains moments je vais même jusqu'à la trouver inhumaine. Il faut que je me protège, pas de Maison Blanche bis, pas envie de repasser par là. De plus, je sais qu'il est malade mais je ne veux pas le savoir, ça ne compte pas, ça ne peut pas être grave de toute façon, cette maladie est un grain de sable, a-t-on jamais vu un lion mourir d'un cancer ? Non, ça n'existe pas.

Trois heures plus tard l'avion atterrit à Nuremberg. Ça me semble abstrait, Nuremberg. Comme Nazareth ou la Galilée, il y a des noms de pays qui sont devenus tellement fictifs, chargés d'histoire et de fantasmes, qu'on a du mal à les croire réels, contemporains. Je ne comprends pas pourquoi Nuremberg, qu'est-ce qu'on vient faire à Nuremberg ? Une voiture officielle nous attend à la sortie de l'aéroport, un petit drapeau flotte à l'avant de la Mercedes Berline noire. Sur le fanion qui s'agite, d'un coup d'œil rapide je déchiffre : *Bayreuther Festspiele*. Je ne comprends pas. Ou plutôt, je comprends mais ça ne fait pas impression. Nous montons dans la voiture. Dans un premier temps je fais celui qui assure, celui qui trouve tout ça complètement normal, qui a l'habitude. Puis, je ne sais pas pourquoi, moi qui ne pense presque jamais à mon père je me mets à penser à lui qui ne s'est jamais plaint, qui a toujours roulé en 4L Renault, qui n'a jamais voyagé, qui ne sait peut-être pas qui est Wagner. Je ne peux pas chasser cette pensée, moi l'accompagnateur momentanément assis sur du cuir souple allemand. On est bien dans cette voiture, la porte claque comme un velours frappé, les sièges sont larges, le moteur ronronne, on glisse sans percevoir la vitesse. Me revient une image d'enfance : le soir, devant la télévision, mon père passait des heures à lire le dictionnaire. Peut-être était-il arrivé à la lettre W comme Wagner ? Mais lisait-il les noms communs ou les noms propres ? Je n'ai jamais su. Quelques minutes plus tard, alors que nous traversons une exotique forêt vert sombre – il est au téléphone et parle Deutsch – alors que la forêt de part et d'autre défile aussi propre que rangée, alors qu'un sourire béat m'arrive sur le visage – grimace probablement débile parce que je n'arrive pas à l'effacer – je comprends enfin, je réalise, je percute : Bayreuth, nous allons à Bayreuth ! Il vient de raccrocher. Il pose ses mains devant lui, sur le scénario qu'il est en train de lire.

Ses mains : noueuses, incroyables, inoubliables. Mains de forçat de sculpteur de pianiste, mains de dessinateur et de constructeur, elles semblent douées d'une vie indépendante. Il est tout entier ramassé entre ses mains et sa nuque solide. Je crois qu'il a de l'arthrose au niveau des doigts, je vois des branches de noisetier tortueux, des sarments. Il sourit, nos regards se croisent dans le rétroviseur. Les yeux jaunes, profonds, les siens. Il voit que je viens de comprendre. Il est content de lui, de son effet et de ma fière réaction même si je m'efforce de la cacher. Pudeur et fierté mal placées. Je crois qu'il est content pour moi, pour lui avec moi. Sur le ton le plus détaché qui soit je ne dis pas merci mais je demande ce qu'on va voir. Il dit que ce sont les 90 ans du vieux, Wolfgang Wagner. Soit. De la même façon que je demanderais la différence entre un rouge-gorge et une mésange, je demande qui est Wolfgang. Il m'explique qu'il est le directeur actuel du Festival, le petit-fils de Richard et Cosima Wagner, c'est la fin de sa carrière, ce soir il passe le pouvoir à la génération suivante. À 17 heures ils donnent une nouvelle mise en scène de *Parsifal*, l'opéra sera suivi par un dîner, nous faisons partie des invités d'honneur. Nous arrivons à l'hôtel, j'en ai plein la vue.

C'est le plus vieil hôtel de Bayreuth, en plein centre, le plus chic, une ancienne auberge dont la façade d'époque, en grosses pierres de taille grises, déborde de géraniums rouges à chaque fenêtre. L'intérieur est tout en bois vernis. La blonde qui nous accueille ne s'adresse qu'à lui, me tourne le dos, je le remarque mais ne m'en offusque pas, c'est déjà énorme que je sois ici. Elle lui apporte le livre d'or pour qu'il signe à nouveau, c'est là qu'il se tourne vers moi et me tend le gros volume en me proposant d'écrire mon nom. Il dit quelque chose en allemand. La jeune femme obéit, décontenancée elle me regarde comme si je venais d'apparaître soudainement, elle m'apporte un lourd stylo doré. Je prends mon temps, je tourne les pages et je n'en crois pas mes yeux, signatures Karajan, Toscanini, le Roi Untel, la Reine Unetelle, Thomas Mann, Charlie Chaplin, Jacky Kennedy, Garbo… je remonte dans le temps et certaines écritures font froid dans le dos : signatures d'Hitler, d'Himmler, Goebbels… Donc ils n'ont pas arraché ces pages maudites ? Il voit que je suis impressionné, ça l'amuse, ça l'attendrit peut-être. Je fais un rapide calcul mental, il était déjà là en 76, il avait 31 ans et montait le Ring, la Tétralogie, moi en février de la même année je naissais dans les Hautes-Pyrénées. Nous montons, ascenseur lambrissé, qu'est-ce que tu as dit à la fille de l'hôtel ? Que tu es un écrivain, me répond-il en souriant… je baisse les yeux, je rougis. Au bout du couloir nous découvrons un peu perplexes que la suite au deuxième étage porte désormais son nom : Suite Patrice Chéreau. Il montre du doigt la plaque en cuivre, il dit : Tu vois, je suis déjà enterré ! Je ne sais pas si je dois rire.

Sur le lit, deux smokings de location sont allongés côte à côte, deux corps vides qui attendent. Le mien est parfaitement à ma taille, organisation allemande. Le reste, tout le reste, la vie privée, les détails, le temps qu'il fait, ce qu'il se passe dans cette chambre et ce qu'il ne s'y passe pas, la colline verte, lui et moi, mes airs maussades malgré la joie, mon caractère malheureux, le racisme ambiant, celui de cette région boisée du nord de la Bavière, les croix gammées présentes bien que plus discrètes, moi et lui, les culottes en cuir de cerf, les bouts de saucisses, les cheveux blancs et les joues rougies, *Parsifal* que j'ai du mal à comprendre, l'eau de Cologne des dames, les chapeaux en feutre vert-loden surmontés d'une plume de bécasse, les trompettes et les robes longues, les rencontres, les broderies et le satin bleu roi, le gratin germanique, les baisemains, salutations de loin, cette civilisation, le dîner à côté de la vieille qui ne parlait que de sa maison à Marbella, la Chancelière, qu'est-ce que je peux en dire ? Survoler, faire une liste... La poésie et la pensée sont comme deux montagnes de même hauteur, elles se font face, se regardent en silence, entre les deux montagnes coule une vallée, là où les hommes vivent et meurent.

Après *Parsifal*, juste avant le dîner il me prévient : Je vais devoir faire un discours en allemand, et tu vas voir on va s'embrasser avec le vieux Wolfgang comme deux vieux amis que nous ne sommes pas, la vérité est qu'on se déteste lui et moi : pour lui je serai toujours le petit pédé français communiste, pour moi il sera toujours cet enfant qui sautait sur les genoux de tonton Adolf. Tu vas voir, on va sauver les apparences car ma *Tétralogie* est devenue mythique, ils sont pas fous chez les Wagner, ils ont toujours eu le sens du commerce.

Mon souvenir du dîner est blanc, un cliché blanc est ainsi gravé dans ma mémoire. Nous sommes sous une grande tente blanche installée sur la colline, à droite du Théâtre, il y a de grandes tables rondes, nappes et orchidées blanches, des serveurs et des serveuses en blanc. Patrice est à la table principale, celle des Wagner et du maire de Bayreuth, je suis plus loin, sur une autre table, assis entre deux vieux aux cheveux gris blanc jaune. La cuisine est du genre moléculaire, trois entrées, trois plats, trois desserts, à chaque fois des portions minuscules, de la nouvelle cuisine, du design à manger sur de grandes assiettes blanches, des rondes, des carrées. Truffe blanche, copeaux de parmesan, radis épluché, mozzarella di bufala, blancs de poulet, purée, mousse au chocolat blanc, boules de coco et lait d'amande… Je parle dans mon mauvais anglais avec ma voisine de droite, puis je me tourne après chaque nouvelle assiette vers mon voisin de gauche, c'est une chorégraphie, je connais mal les pas mais je me débrouille en imitant les autres. Un plat me fascine particulièrement, pas facile à comprendre. Il s'agit d'une verrine qui fume, la fumée blanche a une senteur d'agrumes et de banane au poivre blanc, ça pique un peu, c'est bon. Avec Patrice on se regarde de temps en temps, il me surveille, je le surveille, on se sourit de loin. Je n'ai rien compris à *Parsifal*. Dans l'assemblée, sur une des tables au fond à gauche je remarque un albinos, enfin de loin j'ai l'impression que c'est un albinos, ou bien il est très très blond comme certains nazis dans les cauchemars, impression qu'il me fixe méchamment, je suis gêné, je détourne le regard. Puis je le regarde encore, il me fixe toujours. Je verse dans la paranoïa, je suis trop brun, le nez trop busqué, trop sémite quoi, pas net... Je ne sais plus ce que je fais là, à bouffer cette blancheur, cette nourriture aryenne, loin de lui. Je m'ennuie, je manque d'oxygène et en même temps je suis hypnotisé par tout ce que je vois, ce grand ballet blanc sur fond blanc, ces codes, ces signes, la grande culture des gens de pouvoir, leur aisance, leurs amabilités. C'est quand même fou cette façon d'être en annexant l'espace autour de soi, en privatisant le territoire, je vois que ces gens sont nés pour être propriétaires, ils sont propriétaires dans l'âme. Je n'ose pas bouger, le nœud papillon me serre le cou, j'ai peur de casser quelque chose, je ne sais pas, le cristal des verres, la porcelaine des assiettes, l'ambiance : il ne faut pas que je lui fasse honte. Il n'y a que des Blancs ici et moi je suis un gitan, un manouche, personne ne doit le deviner. Oui, madame, *I understand so well*, un an et demi pour creuser une piscine c'est vraiment trop ! je comprends, je vois, comme ça a dû être pénible… oui, je suis d'accord, il n'y a plus d'ouvriers de nos jours… Ces mots terribles sortent de ma bouche, je crache sur ma classe à voix basse, mon sang, mon père, je le fais par politesse, lâcheté.

Nous repartons le lundi matin. À l'aéroport je décide d'envoyer une carte postale à mes parents, à Annie. Annie c'est Annie Ernaux, nous nous écrivons de temps en temps avec Annie Ernaux. Annie, c'est bien sûr une histoire de classe, évidemment, ni elle ni moi n'avons eu toutes les cartes en mains dès la naissance, je le sais, ça compte énormément. Annie préfère les lettres manuscrites écrites sans brouillon, les cartes postales, j'aime aussi. Je veux croire qu'on se comprend, elle et moi, qu'il y a une forme de compréhension entre nous, et puis c'est simple, ça me fait du bien de savoir qu'Annie Ernaux existe. J'ai toujours près de moi son Quarto *Écrire la vie*, je le relis dans mes moments de doute ou de découragement, je regarde les photos de sa vie à elle qui m'aident à respecter les photos de ma vie à moi.

Il n'y a pas de salissure chez Annie Ernaux, pas d'égotisme, pas la moindre impudeur et pourtant elle dit tout. Il faudrait beaucoup revoir ces notions de pudeur, d'impudeur, d'apudeur. Annie elle est la preuve qu'on peut être très près du moi et très loin du narcissisme. L'acte d'écriture chez Annie Ernaux est toujours un don. Alors non, le moi n'est pas forcément haïssable et s'avoir soi peut être magnifique. Dans l'avion il me parle de Guyotat, il va travailler sur *Coma*. Pour se moquer il dit : Tu vois l'effet que tu me fais, je ne quitte plus les dépressifs depuis que je traîne avec toi !

Émile, le père de Thomas, meurt dans son sommeil une nuit de novembre. Patrice n'est pas à Paris lors des obsèques, autrement il aurait été présent. Patrice était venu dîner un soir à la maison rue de Fleurus chez Anne et Émile. Le dernier spectacle vu par Émile, alors aphasique et en chaise roulante, fut *Le Sacre du printemps* monté par T. au Théâtre de la Ville. D'habitude Émile s'endormait pendant les spectacles, il s'endormait ou grognait, s'ennuyait, là il avait gardé grands ouverts ses deux yeux bleus et ronds. Patrice était au centre du plateau au milieu des danseurs âgés, il tirait les fils et il s'effaçait. On ne voyait que lui puis il disparaissait au milieu des corps, se fondait dans la masse. Patrice était là mais déjà fantôme, comme Émile. Présence absence, un concentré de vie, deux lumières qui tremblent et vacillent, hésitent dans le crépuscule, jusqu'au matin, jusqu'au lever de l'aurore, le renouveau du printemps.

Nietzsche : *Ceci est mon alpha et mon oméga : que tout ce qui est lourd devienne léger, que tout corps devienne danseur, tout esprit, oiseau.*

Je reste quelques mois chez Anne, seul avec elle puis je rencontre un garçon, il s'appelle Tarik, je tombe amoureux, très vite. Tarik vit à Argenteuil donc je pars vivre à Argenteuil. Il est steward, il est souvent absent, travaille dans le ciel. Sur la terre ferme je vois toujours Patrice, de temps en temps, je dîne avec lui quand il est à Paris, nous allons au Bouledogue rue Rambuteau ou au Hangar derrière Beaubourg, après je dors chez lui parce qu'il est trop tard pour rentrer en banlieue, je dors parfois avec lui dans son lit, parfois dans la chambre d'amis, ça dépend des soirs. Tarik est au courant et il accepte cela, il sait que le lien avec Patrice est un lien à part. Avec Patrice c'est différent, c'est ce que je ne cesse de répéter et je ne peux pas expliquer. Et puis comme Patrice, j'aime cloisonner ma vie, compartimenter, avoir plusieurs vies, des vies en secret en parallèle en joie, ce n'est pas de l'infidélité c'est de la multiplicité. On pourrait dire une sorte de physique quantique appliquée aux choses du cœur et du corps. Comme Patrice, quand je vais bien que je suis en forme, je suis capable de mener de front toutes ces vies ensemble alors mon amour pour Tarik reste intact. L'avenir du désir et de l'amour c'est le polyamour qui n'a rien à voir avec le libertinage mais tout à voir avec la liberté. Un jour ça viendra, on pourra vivre et se marier à plusieurs, à plus de deux je veux dire. Un jour ce ne sera ni scandaleux ni tordu, ce sera moderne. Tarik a confiance, il n'est pas jaloux, je crois, j'espère, il ne pose pas de questions. Parfois Patrice travaille après le dîner, il va dans son bureau qui a les dimensions d'une grande chambre carrée. Je suis fasciné par cet endroit. Pour moi cette pièce est mythique car Guibert déjà l'avait décrite quelque part, je ne sais plus dans quel livre. Et la pièce que je vois, dans laquelle je suis, correspond exactement à la description de Guibert, rien n'a changé. Quatre longues tables, de simples planches sur tréteaux : une table pour le théâtre, une pour le cinéma, une pour l'opéra et une table pour le tout-venant, le reste. Sur chaque table, des livres, des notes, des photos, des cahiers, des catalogues, des dessins. Il tourne dans la pièce, va d'une table à l'autre, il a quatre cerveaux qui travaillent en même temps, quatre directions qui n'en font qu'une.

Rue de Braque, 23 heures. Ce soir c'est délicat. J'ai quelque chose à lui demander et je n'y arrive pas, je tourne en rond. Comme des prolégomènes hasardeux je parle d'abord des deux émissions que j'ai produites pour France Culture, je parle du RSA qui vient m'aider à traverser les moments de chômage technique, je parle de Tarik qui me soutient financièrement en remplissant le frigo et en ne me faisant pas payer de loyer… Patrice me coupe et me demande ce que je cherche à dire. Bon voilà, je viens de terminer un manuscrit, ça s'appelle *Bohème*, je suis parti du dossier des sms et des mails que tu m'avais donné à Maison Blanche, tu te rappelles ? En fait j'ai tout réécrit raconté à ma façon. C'est un roman, j'insiste, pas une retranscription ou un copié-collé-volé. Au début j'avais mis les vrais noms, le tien et le mien, parce que pour moi les vrais noms c'est toujours mieux. Mais finalement j'ai déplacé certaines choses, j'ai déplacé pour mieux dire la vérité, tu vois, rien que la vérité = exactitude des sentiments, pas simplement véracité ou chronologie objective des faits, tu vois ? Oui, bien sûr que tu vois, pardon, je suis lourd… Bon, je voudrais te donner le manuscrit, voilà, je voudrais que tu sois le premier lecteur, et… je voudrais ton autorisation. Parce que moralement j'ai besoin de ton accord, tu comprends ? Je ne peux pas publier ça dans ton dos, je n'ose pas. Tu me diras. Si tu n'es pas d'accord, je ne publie pas. Voilà, maintenant je suis à nu, démuni, tu as tout pouvoir sur moi. Ce soir-là je ne dors pas chez lui, je marche dans Paris, je fais des tours et des détours, je finis au Krash avec mon inquiétude sexuelle. Le Krash est une sorte de cave noire pour les égarés de la nuit, je sonne à la porte, une lumière rouge s'allume, la porte s'entrouvre, le temps s'arrête.

Maurice Blanchot : *À celui qui veut enterrer sa mémoire et ses dons, c'est encore la littérature qui s'offre comme terre et comme oubli.*

Il m'appelle le lendemain très tôt, il est choqué, contrarié, je ne peux pas en placer une. Il dit non, Olivier, tu ne peux pas faire ça, je ne te donne pas l'autorisation, tu ne peux pas publier ce texte en l'état ! Il ajoute que c'est pas lui qui va interdire un livre quel qu'il soit, alors il demande un peu de maquillage, s'il te plaît, change certains détails, change les lieux, et même les sexes si tu peux. Il dit qu'il ne veut pas blesser T., je travaillais avec lui à l'époque ! Peux-tu comprendre cela ? J'obéis, je fais tout ce qu'il me dit, je bafouille un pardon. Je lui propose même de couper certains passages s'il le souhaite. Il ne se gêne pas. Le lendemain il me renvoie le manuscrit avec coupes, nombreuses. Tout ce qu'il coupe part à la corbeille, je détruis, je ne conserve rien. Je comprends, je ne lui en veux pas. Puis j'écris ce sms que finalement je n'envoie pas : « Patrice, il paraît que les comtesses Greffulhe et Jeanne de Castellane n'étaient pas si heureuses de se retrouver mélangées fondues dans un personnage de duchesse, elles en étaient même fâchées. Qui se soucie aujourd'hui des comtesses Greffulhe et Castellane ? » J'efface le sms, je ne suis pas Proust, pour qui je me prends ? Et lui n'a rien à voir avec les Greffulhe et Castellane, pour qui je le prends ?

C'est pénible mais j'arrive à transformer mon texte. Je google le mot *Bohème*, je finis par tomber sur une formule de Balzac qui me plaît complètement, je m'y reconnais, je veux dire que j'aime à m'y reconnaître : *Ce mot de Bohème vous dit tout. La bohème n'a rien et vit de tout ce qu'elle a. L'espérance est sa religion, la foi en soi-même est son code, la charité passe pour être son budget. Tous ces jeunes gens sont plus grands que leur malheur, au-dessous de la fortune mais au-dessus du destin.*

Bohème paraît chez Gallimard, c'est pas trop mal, je ne passe pas totalement inaperçu, j'ai même un prix littéraire. J'ai quelques jolis papiers dans la presse spécialisée mais au niveau des ventes ce n'est pas un succès. Quelques mois plus tard, alors que je prends un verre avec mon éditeur, celui-ci fait allusion à un mail de Chéreau, comme si de rien n'était. Quoi ? Quel mail de Chéreau ? Ludovic mon éditeur est étonné, il pensait que j'étais au courant : Mais je parle du mail que Patrice Chéreau m'avait envoyé quelques jours après l'envoi de ton manuscrit, tu ne savais pas ? Oh, c'était très court, il voulait juste attirer mon attention sur toi, il disait que tu avais du potentiel ou quelque chose comme ça… Je tombe des nues. Non, je ne savais pas. Aussitôt je crains le pire : Et c'est pour ça que j'ai été publié ? Non, me dit Ludovic, j'avais déjà repéré ton texte, mais c'est sûr qu'un mail de Chéreau ne peut faire que du bien… Je n'ai jamais parlé de ça à Patrice, j'ai toujours fait comme si je ne savais pas. C'est un détail qui me plaît et ne me plaît pas, je reste ambivalent, autant que lui. Pourquoi a-t-il fait ça alors que mon livre le dérangeait ? Une chose que j'ignore : s'il m'avait totalement interdit de publier ce texte, est-ce que j'aurais obéi comme je l'avais promis ? Je ne sais pas. On est féroce et obstiné quand on a un livre, on a envie de le protéger, de le défendre, contre tout, contre tous.

Un jour il m'invite à Séville, chez lui, pour le soleil et pour parler du film. Le scénario est bouclé, le casting est fait. Dans l'avion, alors que nous avons dépassé les Pyrénées, il pose triomphalement un gros document relié sur mes genoux, c'est la version finale du scénario. Je découvre le titre : Persécution ! Je souris, énorme sourire. Je ne sais pas quoi dire. Donc il a gardé mon titre, je suis fier, dans les nuages… Je commence la lecture dans l'avion. Nous atterrissons à Séville vers 21 heures. On prend un taxi, il demande à être arrêté sur tel pont au-dessus du Guadalquivir. Nous marchons et il m'explique qu'on va à Triana, le quartier gitan sur l'autre rive, il dit qu'il y a là le meilleur restaurant de Séville, en tout cas son restaurant préféré, juste à côté de Santa Ana. Nous sommes reçus comme à la maison par un vieux monsieur à la moustache fine et aux cheveux plaqués en arrière, gominés, le vieux monsieur qui sent la lavande le salue en disant « Maestro ». Patrice me raconte que le décor n'a pas changé depuis les années 30, nous nous retrouvons seuls dans une petite salle au fond, une sorte d'alcôve. Je regarde la carte, il m'arrête : Ici, si tu veux être bien vu, pas de carte. Il demande en espagnol si la pêche a été bonne, on lui répond qu'il y a un gros bar, allons-y pour le gros bar et quelques tapas en entrée. Tout est simple, délicieux, le poisson est parfaitement cuit, accompagné de tranches d'oranges, de pommes de terre, d'oignons confits, de haricots verts avec un peu d'ail. C'est plein de couleurs, tellement bon que j'ai l'impression que c'est la première fois que je mange une pomme de terre. Sel, poivre au moulin et cette huile d'olive doucement piquante. On rentre à pied, on arrive chez lui, la maison est cachée dans une petite ruelle jaune. Il me fait visiter et je vois sa fierté. Murs blanchis à la chaux, trois étages, un patio au rez-de-chaussée avec de grandes plantes grasses, plein de pièces, des couloirs, des galeries, des chambres d'amis, des salles de bains, de beaux meubles en bois, sobres et précieux. Il a fait construire une terrasse sur le toit, avec une petite piscine, là-haut on se retrouve à la hauteur des clochers des dizaines d'églises de la ville, à 360 degrés sous un de ces ciels à la Van Gogh, bleu profond étoilé tourbillonnant. Un dernier verre sur la terrasse, une dernière clope, on sirote un morceau de nuit puis on se couche. Il éteint la lumière. Dans le noir il empoigne doucement mes cheveux, me tire vers lui, lentement et fermement. Je me retourne, je glisse, je ferme les yeux, on s'enlace. Je crois que c'est vraiment la première fois qu'on fait l'amour, qu'on s'abandonne. Et là je comprends, je crois comprendre. Il y a quelque chose de problématique avec son corps. Il est mal à l'aise malgré le désir, encombré limité dans son corps. Comme entravé. Comme s'il était à l'étroit dans ce corps d'humain. Lui qui passe sa vie autour des corps, et si près, avec un tel talent, lui le réalisateur d'*Intimité* aurait donc un défaut d'incarnation ? Lui qui n'a pas de corps ou un corps maladroit aurait donc passé sa vie à les magnifier ? À les faire se battre, s'affronter, s'entrechoquer, se rater, se retrouver, s'aimer ?

Le lendemain on se lève tôt, joyeux, avec un grand appétit pour la journée qui commence. Il me montre ses endroits préférés, certains noms me font rêver : L'Alcazar, Santa Cruz. C'est vrai qu'il a l'air chez lui ici. Il n'est plus tout à fait le même, il n'a plus cette espèce de nervosité que je lui connais. À Paris, il est toujours aux aguets, à l'affût, pris dans les affaires. Ici il réfléchit et semble contempler. Il dit qu'il vient à Séville pour penser aux projets, c'est le temps du songe, ce qu'il préfère, quand tout est possible. Dans le cas d'un film, il n'aime pas trop le tournage. Sauf quand les comédiens donnent des choses inattendues. Il préfère la préparation en amont et le montage, le dialogue avec le monteur, la solitude dans la cabine, modeler la pâte. C'est un cinéaste, il aime écrire, pas enregistrer. On prend des verres de vodka glace en plein soleil, dès midi, on mate *los guapos y las guapas*. Les gens sont si beaux à Séville.

Le lendemain est une de ces rouges journées d'Espagne, un petit soleil blanc perce le ciel en son centre. Nous sommes dans une salle sombre du musée des Beaux-Arts, silencieux et arrêtés devant un Christ en croix de Zurbarán. Je ne dis rien, je crois que j'attends qu'il parle en premier. Nous restons là, il est calme tandis que je le suis un peu moins, il ne bouge pas. La peinture devant nous se tient droite, lisse, brillante, on dirait qu'elle intime l'ordre de se taire. Je m'approche de la peau vernie, du corps blanc de nacre ou de vieille craie, chair livide d'un sang qui s'est figé il y a deux mille ans. Au bout d'un moment il fait quelques pas en arrière, je me retourne, il sourit : c'est à peu près tout. L'image se détache. Pourquoi est-ce que je raconte cela, ce si peu de choses, ce sourire ? C'est une image qui émerge, qui résiste, survit, celle que je garde. C'est encore le sourire du Théâtre à Sceaux, c'est aussi le sourire de Trouville quand il est apparu sur les planches, c'est autre chose aussi. C'est une piqûre, un petit trou, une petite tache, une petite coupure et un coup de dés. Barthes en parle très bien, il appelle ça le punctum. C'est le petit détail qui provoque la plus forte des émotions, c'est souvent un détail infime mais c'est ce qu'on va retenir toute sa vie. Ce serait beau de l'écrire à la manière de Zurbarán. Comment faire ? Ne pas trop en dire, peut-être, se borner à peindre les deux qualités du crucifié, mort et présent, ne rien ajouter de peur d'abîmer. Dans la petite salle vert sombre de ce musée, sur ce plancher qui craque, enveloppés dans cette douce odeur d'encaustique, de poussière et de cire d'abeille, lui et moi ne faisons que passer, c'est évident, passer sans penser à rien. Cette idée m'apaise. J'ai soudain beaucoup beaucoup d'indulgence pour ce que nous sommes, aussi pour ce que nous ne sommes pas.

Maintenant nous marchons déambulons dans les petites rues autour de la Basilique de la Macarena, nous laissons nos pas décider. Il porte un jeans et des Converse, une chemise blanche en lin, une veste *Agnès b* bleu marine un peu froissée. Je me souviens d'une lumière qui brûle la peau. C'est bientôt l'heure de la sieste, hormis quelques touristes les rues sont désertes, les sombres volets des maisons tirés. Je crois que je voudrais parler de Zurbarán mais les mots ne viennent pas. Je me tais puis d'un coup, en marchant, je ne sais pas ce qui me prend, d'un coup je ne me tais plus, la maladresse et la chaleur sont infinies, j'éprouve le besoin de l'avertir : Tu sais, si ça se trouve un jour j'écrirai sur toi, je veux dire directement sur toi, sans rien cacher, ni les noms ni les lieux, ni les dates ni les sexes. Je ne dis pas que j'en ai l'intention, que c'est prévu – je ne prévois rien – mais c'est possible. J'ajoute : C'est possible et tu vois, c'est un peu moche que ce soit possible, que je puisse en avoir l'idée, tu ne trouves pas ? Son visage se durcit, il se renfrogne mais ne semble pas étonné : Pourquoi moche ? Je réponds que je ne sais pas, je bafouille, je voudrais effacer ce que je viens de dire. Il ajoute : Si seulement tu peux attendre que je meure, ça m'arrangerait... Je prends un air choqué, je lui fais remarquer que ce n'est pas une réponse. Que veux-tu que je réponde, dit-il doucement, qu'est-ce que tu cherches ? Une autorisation, une interdiction ? Tu écriras ce que tu pourras, voilà tout. Mais attention, toi qui es plutôt branché autofiction, je te conseille de ne pas trop jouer les veuves après ma mort. C'est juste un conseil, pour ton bien. Tu vois ? Et puis écris sur qui tu veux, sur moi pourquoi pas, et qui sait ? si c'est bien ça pourrait même me plaire... Bon, d'accord. Pas de sentimentalité jubilante, j'essaierai.

Plus tard dans la soirée, on est saouls, on a envie de rire, de s'amuser. C'est la connerie comme on dit, c'est l'ivresse qui ouvre la parole, celle qui donne envie que la nuit soit plus longue que la nuit. On a envie de tout se dire de façon urgente. Dans ce bar à ciel ouvert où une famille de *gitanos* se produit chaque soir, les jupes volent, les talons claquent. La chaleur, l'humidité et les vodkas font que l'on se met à parler de sexe, désir, libido, gentiment on mélange tout ça à une sorte de philosophie de tous les jours. Je lui apprends une expression très en vogue à Ibiza cet été, je la tiens d'un ami qui en connaît un rayon : Ibiza ? J'ai pas une minute, ah, ça ! J'en déroule des câbles ! On rit, c'est super vulgaire et en même temps non, c'est juste drôle et con. Il me dit qu'il est de la vieille école, qu'il ne dit pas ces choses-là, ne les pense même pas. Je lui raconte les nouvelles applis pour se rencontrer, pour choper, ça l'intéresse, je raconte comment ça marche, ce qu'on y fait, ce qu'il est possible d'y faire. Je fais une démo, j'ouvre l'appli sur mon iPhone. On mate les mecs connectés dans le coin, il a l'air intéressé par cette histoire de géolocalisation : 153 mètres, 579 mètres, 800 mètres… *Claro que si*, la chair est là, potentielle, disponible, à portée de main. Regarde, les hommes blessés ont quitté les pissotières des gares, désormais ils sont là, brûlants, *online*, d'un coup de pouce on les ajoute, on les met en favori, un autre clic et on les bloque. Il dit qu'en effet il a bien disparu le monde sauvage des pissotières de gare, hélas, disparus les nœuds dans la gorge et dans le ventre, ne rien savoir de l'autre, même pas la nature exacte de la sexualité du client ou du dealer, disparue la peur de se faire surprendre par la police, les rondes de nuit, les pas ralentis, regards qui se cherchent, s'évitent, se croisent et s'éprouvent. Il demande : Mais la chair, tu crois qu'elle est toujours là sur ton appli ? Bonne question. Mais oui, la chair est toujours là. Certes nous sommes un peu dématérialisés et les choses sont souvent trop prévisibles mais *in fine* la chair est toujours là, toujours nouvelle et mystérieuse, il faut le croire. Et puis je ne sais pas si le monde disparaît, c'est plutôt qu'il change tout le temps, en permanence, non ?

On boit, de fil en aiguille on se met à parler de la faute et de la culpabilité, de la notion de fidélité. Il n'y a que ça qui nous intéresse, ce qui se passe entre les gens, les histoires du comment vivre ensemble. Il me pose des questions sur Tarik : Donc tu es infidèle et aucun problème de conscience ? Je réponds que c'est plus complexe, je n'ai aucune relation suivie avec personne, pas d'amant régulier donc pas de trahison, oui j'ai des infidélités – verbe *avoir* j'insiste – mais ce sont des morceaux de vie à côté, des morceaux de vie primaire, pulsionnelle, la plupart du temps je ne connais même pas les prénoms des mecs avec qui je couche debout ou allongé. De ce fait je n'ai pas l'impression d'être infidèle, ou plutôt je le suis tout en étant constant. Et puis je ne baise ailleurs que quand ça ne va pas fort, c'est toujours la même histoire du plaisir *versus* la jouissance, je vais chercher l'anesthésie, le sexe est un curare, j'y trouve le remplissage de mon manque, fût-ce pour un moment : juste quelques instants d'oubli arrachés à l'angoisse. Quand ça va bien je ne fais l'amour qu'avec Tarik, en réalité je n'aime que lui, et toi, bien sûr, un peu, beaucoup... Je suis saoul alors je balance. Il écoute avec attention, il sourit. Ça bouge toujours et ça danse autour de nous mais la fête s'est éloignée, elle semble plus loin au-dessus de nos têtes. Il demande si Tarik sait ces choses, mes frasques. Je réponds que je ne sais pas, probablement pas, même s'il a tous les éléments pour savoir. Après tout s'il ne veut pas voir, ça le concerne. Je me suis toujours dit que si Tarik me posait la moindre question sérieuse, je répondrais. Peut-être que j'attends qu'il pose une vraie question ? Mais Tarik ne pose jamais de questions, et le temps passe, les hivers et les étés, pas de questions, pas de réponses. Tarik s'est mis au piano, maintenant le samedi quand il ne travaille pas il prend des cours de piano.

Nous parlons encore pour prolonger la nuit puis nous arrivons à cette conclusion : ne pas dire, le silence, un certain silence notamment dans le couple est un crime. Les mots peuvent tuer mais le silence torture. Et dire n'est pas seulement le fait de celui qui parle, la parole est aussi la responsabilité de celui qui écoute. Je crois qu'on se tait souvent non par duplicité ou par goût du mensonge, on se tait parce qu'on ne peut pas parler, parce qu'on n'a pas la place, parce que l'autre ne veut pas entendre. J'ai ces problèmes avec Tarik, je crois qu'il ne veut pas entendre ou voir certaines choses, ne veut pas ou ne peut pas. Ne sait pas ? À force de silence on va se perdre… Nous parlons encore, de l'amour toujours, du couple cette énigme, la nuit de Séville nous recouvre. On ne parle du scénario et du film que dans l'avion du retour. Trois jours magnifiques, je ne trouve pas d'autre mot. On a refait le monde et ce dernier nous a donné l'impression que ça lui plaisait, qu'il se laissait faire.

Telle présence, j'en mourrais car la beauté commence comme la terreur : à peine supportable. Quel que soit l'ange, il est terrible.

Rilke

Il tourne *Persécution* à Paris et dans un loft à Bagnolet. Gentiment il me propose de venir assister au tournage, un soir, il me propose aussi de faire une figuration lors d'une scène au café Le Progrès à Paris, ça te fera quelques centaines d'euros, dit-il. Je ne sais pas pourquoi mais je dis non merci. Mon refus l'étonne, le désarçonne. Le fait est que je me sens déjà dans le scénario, c'est amplement suffisant. Quel orgueil ! Peut-être que je n'ai pas envie de me sentir noyé parmi des figurants sur un plateau de tournage ? Après tout, j'aurais pu jouer le premier rôle, non ? Qui mieux que moi peut le comprendre, cet amoureux, cet atrabilaire, ce chercheur qui ne trouve pas mais qui s'obstine à chercher ? Ce chercheur qui détruit tout sur son passage... Quel orgueil ! C'est fou comme je peux me comporter comme un petit con. Quelques semaines plus tard il m'invite à la projection réservée à l'équipe du film, au MK2 Bibliothèque, il y a une fête après. J'y vais avec Françoise que je revois. Finalement nous nous sommes réconciliés et avons effacé l'ardoise. Françoise est une amie pour la vie, nous avons partagé trop de choses pour nous fâcher vraiment, nous avons été victimes du froid, voilà tout, c'est ce que nous nous racontons. Par ailleurs elle est revenue à Paris, elle a vendu la maison de Donzenac. Je découvre le film et je suis bouleversé. J'aime beaucoup les acteurs, nerveux, précis, intenses. Le dernier plan est poétique, émouvant, Daniel en caban bleu marine marche dans Paris, les mains dans les poches, on le voit s'éloigner de dos sur la voix d'Antony and the Johnsons : *Mysteries of Love*, une chanson écrite à l'époque par David Lynch et Angelo Badalamenti pour le film *Blue Velvet*.

Patrice Chéreau : *Il y a beaucoup de choses que j'aurais aimé faire et que je ne ferai jamais : être musicien, être chorégraphe, savoir écrire des romans. Et donc, aujourd'hui, faute de mieux, je peux juste dire que j'utilise la musique des autres, les chorégraphies des autres, les romans que je n'écrirai jamais... Cela rejoint une question plus profonde peut-être : à savoir que je suis un pilleur, en fait, un voleur à l'étalage, malin et intelligent sûrement, mais qui prend son bien là où il le trouve, qui fait son miel de toutes les personnes et les œuvres que j'admire et que je rencontre.*

J'ai aimé *Persécution* mais le lendemain je craque, je déborde, je lui envoie un mail méchant, dur, sec, plein de critiques et de reproches. C'est simple, je ne suis cité nulle part dans le générique, tout le monde est remercié, les assistants techniques et les assistants des assistants, tout le monde est crédité jusqu'à la boulangerie X, jusqu'à la marque de la pellicule et des vêtements. Je ne m'attendais pas à voir mon nom, non, vraiment je n'y avais pas pensé, je ne suis pas venu voir le film pour voir mon nom sur l'écran mais être passé sous silence à ce point… J'ai peut-être tort, peut-être que je pense encore trop à moi mais je me sens écrasé, nié, je ne peux pas ne pas le lui dire. Il m'appelle, je ne décroche pas, il laisse un long message. Il commence par se racler la gorge puis se lance comme un cheval au galop : Pour le film tu as sans doute raison mais il faut que tu saches une chose, Olivier, une chose à laquelle je ne peux remédier – j'ai essayé pourtant. Je te remercie évidemment, vraiment, d'avoir déjoué les pièges qui t'étaient tendus avec la parution de *Bohème*, je t'en suis très reconnaissant, crois-moi. Je te suis infiniment reconnaissant de ta loyauté quand je t'ai demandé des changements très lourds dans ton manuscrit et que tu les as faits, même quand ça pouvait défigurer ton texte – notre texte ! Mais il faut que tu mesures que quelque chose s'est probablement cassé entre nous avec ce livre. Je t'ai donné l'autorisation de le mettre en chantier, l'autorisation que tu me demandais, parce que je pensais que tu devais l'écrire, mais le fait est que depuis je t'en ai voulu. À Séville j'ai cru que je ne t'en voulais plus mais ce n'est pas vrai. Je ne suis pas revenu sur l'accord que tu m'avais demandé parce que j'ai pensé qu'il fallait que tu écrives ce premier roman, que tu avais besoin de l'écrire, et je me suis dit que je ne pouvais pas interdire un livre mais j'ai serré les dents quand tu m'as envoyé la photo de couverture, j'ai à nouveau serré les dents quand je l'ai vu dans les librairies. Il ne s'est rien passé – grâce à toi, j'en suis très conscient, j'ai bien noté que tu n'as jamais prononcé mon nom lors de la promo – mais quelque chose s'est cassé chez moi dans mon rapport avec toi. Je n'y peux rien, j'ai essayé de me raisonner, c'est indépendant de ma volonté. Peut-être était-ce cassé avant, que notre histoire n'a pas su résister à la rencontre réelle. Ce qui s'est passé avant Trouville était beau et incroyablement bouleversant, bouleversant jusqu'à la douleur – ça l'a été pour moi – parce que nous étions dans l'érotisme des lettres, des voix la nuit, loin l'un de l'autre et totalement proches, autour de Tristan. Alors voir tout ça transformé en fiction que l'on peut acheter dans une librairie aura été troublant pour moi, dérangeant, et depuis je t'en veux. Je sais que pour toi on peut et il faut tout écrire, je ne partage pas cet avis. Je te trouve impudique et indiscret, tu sais que je ne suis pas comme ça. Je sais bien que tu vois du partage là où d'aucuns verraient du déballage, tu vois des appels au secours et des mains tendues là où d'autres verraient de l'exhibitionnisme. Chacun voit ce qu'il peut voir, avec la capacité limitée de ses propres yeux. Pardon, ne me rappelle pas, j'ai besoin de calme et de silence. Laisse-moi du temps.

Je ne rappelle pas, je lui laisse du temps. Je me dis que cette fois c'est vraiment fini entre nous. Il ne me rappellera plus. Oui, c'est violent d'être pris dans la narration d'un autre, même si les intentions ne sont pas mauvaises. On n'est jamais bien dans le discours d'un autre, dans ses mots, il y a toujours, quoi qu'on dise, falsification d'un vécu. Parce que toute la vie ne pourra jamais entrer dans une phrase ! Encore moins dans une phrase écrite par un autre. Mais comment faire ? Donc on n'écrit plus que sur Phèdre, Cléopâtre et Charlemagne ? Plus un mot n'est possible sur aujourd'hui, les gens qui existent, les gens réels ?

Trois mois plus tard environ, je reçois un sms, c'est lui : Libre pour prendre un verre ce soir vers

22 heures ? Je réponds comme au premier jour : Oui ! On se donne rendez-vous au Comptoir des Archives. Il est 22h10, mois de juin, je l'embrasse, je demande pardon pour mon retard. Il dit en souriant : Tu es toujours en retard, on dira que c'est ta façon d'être là à temps… La couleur de ses yeux : du gris, du vert, du miel. Il a l'air fatigué mais détendu et heureux. Je m'installe. Il vient de dîner avec Pierre Boulez. Il m'apprend que Boulez est en train d'écrire un opéra d'après *En attendant Godot*, il ferait la mise en scène, il est question du Festival d'Aix. Ce n'est qu'un projet pour le moment. Il me confie qu'il n'aime pas beaucoup le théâtre de Beckett, il trouve que ça a mal vieilli, il préfère de loin ses textes et romans. Je lui parle de *Premier amour* que j'ai un peu travaillé au Cours Florent, on parle de Jean-Quentin Châtelain qui l'avait joué de façon magistrale – je l'avais vu trois fois au Théâtre Bastille – il me parle des deux nouvelles : *L'Expulsé*, *Le Calmant*. J'imagine l'affiche : Chéreau – Boulez – Beckett. On se remet à boire des vodkas. On ne parle plus jamais ni de *Bohème* ni de *Persécution*, tout ça est du passé, oublié. Que ce soit lui qui m'ait rappelé au bout de trois mois est d'une élégance qui m'impressionne. On se retrouve comme avant, c'est doux, c'est bien. Je lui parle de Youssef Nabil, un photographe que je viens de découvrir

et qui me plaît, j'aime surtout ses autoportraits, on parle de ça puis d'un coup on se tait : une beauté absolue, tuerie vivante sur skateboard, cils longs et regard dur, Antinoüs avec iPod, boucles blondes qui dépassent du bonnet, souple comme un gibbon, souple, tellement souple, s'arrête devant nous et demande du feu. J'allume la cigarette du Tadzio contemporain. Le petit effronté fait le sourire qui cartonne : dédaigneux. Il marmonne un *merci c'est cool* et file aussi vite, glissant sur son skate, le jeans suffisamment descendu pour laisser apparaître la moitié d'un caleçon, la moitié des deux sphères des fesses. Il y a des êtres qui viennent et ne repartent pas, ils apparaissent et disparaissent, remplissant le monde tandis qu'ils étaient là, le vidant cruellement alors qu'ils quittent le champ de nos visions désemparées. Forcément je me mets à parler de la beauté de ce garçon, de sa jeunesse, sa force, je commente, ce qu'elle crée en moi, cette fascination, cette dose paradoxale de plaisir et de souffrance. Il sourit tandis que je parle, il réfléchit puis il dit qu'il en voit tous les jours des garçons tels que celui-ci, il ajoute qu'il n'a plus de corps pour eux. Il réfléchit encore puis il dit qu'il y a un âge où l'on peut parler d'union sexuelle, il y a un autre âge où le rapport devient accouplement inesthétique. Il dit enfin qu'ils ne lui font plus mal, qu'il aime regarder leur fragilité, leur morgue, cette fausse assurance qu'ils ont, il dit qu'il admire leur innocence qu'il n'a plus, et qu'il ne regrette pas une seconde.

Nous nous revoyons de façon plus espacée mais régulière, parfois nous dînons, parfois c'est juste un verre, parfois nous allons voir un spectacle. J'ai l'impression qu'on est deux solitaires, on marche chacun dans des directions différentes, parfois on se croise alors on s'arrête, un moment, sur le bord de la route, on fait une pause, on se parle avant de repartir chacun de son côté. Un jour il me surprend, il me propose d'aller à la piscine ! Pas n'importe quelle piscine, celle de l'hôtel Costes rue du Faubourg Saint-Honoré. Je trouve ça étrange le coup de la piscine de luxe mais j'accepte, on s'y retrouve vers 18 heures. Il arrive en vélib, devant l'entrée de l'hôtel il m'annonce radieux que désormais pour lui c'est régime et sport, il ne boit plus, fini les vodkas : thé vert ! Il a l'air en pleine forme, même rajeuni. Le cancer serait donc vaincu ? Je ne pose pas de questions mais il voit ma perplexité : Oui, je sais, l'hôtel Costes pour un ancien marxiste communiste, c'est un peu particulier, au moins on sera tranquille et le patron m'a offert l'abonnement, tu voulais que je refuse ? Nous faisons quelques longueurs dans le bassin vide, nous allons nous faire masser pendant un quart d'heure puis l'on sort vers 19h30. Il me propose un restau japonais, un boui-boui vers la rue Sainte-Anne, il dit que c'est calme et que le poisson y est très frais. Nous dînons, je me régale avec les sashimis, de son côté il dévore comme d'habitude. Il a l'air heureux, complètement enjoué, je demande : Comment est-ce qu'il s'appelle ? Il sourit et ne répond pas. Tu ne veux pas dire son prénom ? Ok je ne pose plus de questions. Je suis content pour lui, pour eux, je ne veux rien savoir. Jaloux ? Cette fois-ci peut-être un peu, il y a comme un pincement. C'est étrange je n'étais pas jaloux de T. Je demande : Est-ce qu'il est plus jeune que moi ? Il répond que oui. D'un coup je ne suis plus le plus jeune, je perds cette qualité, cet avantage… Le pincement n'était pas de la jalousie, c'était juste la marque du temps qui passe. Après on parle des films qu'on a vus récemment, on parle de Xavier Dolan et de Christophe Honoré, il me questionne sur les séries à la mode, ça l'intrigue ce phénomène des séries. Il dit qu'il a l'impression que c'est là que ça va se passer désormais. Tu vois, dans un film on rencontre des personnages, et ça peut être très beau, on fait parfois au cinéma des rencontres qu'on n'oublie jamais. Mais dans une série, les personnages, on ne fait pas que les rencontrer, on les fréquente. Tu vois ? Ensuite on parle de Lars Von

Trier et il se met à me parler d'un auteur islandais, un certain Jón Kalman Stefánsson, il faudra que tu lises *Entre ciel et terre*. Il ajoute comme si je devais le prendre pour moi : Celui-là, il ne triche pas. Je lui parle de Paula Fox et de son roman génial, *Personnages désespérés*, on parle de tout ce qui nous passe par la tête, sans effort, la soirée est très douce. On rentre à pied, sur le chemin il m'apprend qu'il va devoir se faire opérer, que c'est sérieux cette fois-ci. Je le raccompagne rue de Braque, je l'embrasse sur le front, je pose ma main sur son front, je l'embrasse encore.

Je le revois fin avril 2013. Le printemps vient d'éclore, éclatant, un nouveau printemps tout neuf tout beau. Nous parlons de choses et d'autres, il me raconte quelques anecdotes sur Guibert et Koltès – j'en suis friand –, il raconte leur humour, leur violence aussi, leur rage… Je lui demande ce qu'il pense de l'autofiction. Avec prudence il répond que le plus important quand on veut écrire, c'est d'écrire. J'insiste : Oui, d'accord, mais toi, tu n'as jamais eu envie de dire Je dans tes créations, je veux dire vraiment Je, employer, déployer la première personne ? Non, je ne trouve pas que mon cas soit si intéressant. Mais tout est intéressant, non ? Tout peut faire sens et art ! C'est quand même pas toi qui vas dire le contraire ! Et puis le Je c'est une question de focale, on ne fait que placer la caméra du côté *soi*... Le Je, c'est pas toujours moi... Il fait la moue, il n'a pas envie d'entrer dans ce débat, pas avec moi, pas maintenant. J'ai l'impression qu'il est plutôt d'accord mais il n'a pas envie d'être d'accord, pas sur ce terrain, ce jour-là. Puis il dit qu'il n'aime pas ce terme d'autofiction, que ça fait auto-tamponneuse, et il trouve que c'est très franco-français... il dit qu'il préfère parler de frontière poreuse entre le réel et la fiction, ou de l'écriture qui pousse à certaines extrémités. Un ange passe, comme on dit, puis un couple. Ils sont jeunes et jolis, il lui tient la taille, elle porte une jupette à volants avec des ballerines aux pieds, ils rient, ils tanguent, on se croirait chez Pina Bausch. Je vois que son regard est accroché, émerveillé : Tu les vois, eux, leur désir, leur vitesse ? C'est ça que j'aime faire, essayer de décrire ce qu'ils sont, capter la vie en eux, la rendre encore plus visible. Pas me décrire moi en train de les regarder. Un temps. Il ajoute : Mais d'accord, l'autofiction c'est plus complexe que ça, je te l'accorde... Après ça on ne parlera plus d'écriture en général, on ne parlera plus que des livres, tel livre et tel autre. D'un coup je lui demande s'il aurait aimé avoir un enfant, s'il y pense parfois. Sans hésiter il me répond que non. Et ça ne te manque pas, jamais ? Non, pourquoi ça me manquerait ? Mais tu vois ce que je veux dire, le désir de paternité… c'est quand même une chose essentielle dans la plupart des vies, jamais ça ne te manque ? Non. Il dit : Tu vois la lune ? Je veux dire la nuit, quand il n'y a pas de nuages. Hé bien, la voir, savoir qu'elle est là me suffit. Je sais très bien que je n'irai jamais sur la lune et ça ne me manque pas. Pourquoi est-ce que j'aurais besoin d'aller sur la lune ?

Pierre Michon : *Le livre n'est pas dans le livre. Le ciel est un vieil endroit bleu sous lequel on se tient nu, sous lequel ce qu'on possède fait défaut.*

Vendredi 19 juillet 2013. Je suis devant mon écran d'ordinateur, Arte Live Web diffuse en direct son *Elektra* donné à Aix. La connexion est bien meilleure qu'il y a six ans et je ne suis plus seul, cette fois je regarde l'opéra avec Tarik, ça va beaucoup mieux avec Tarik… *Elektra* est sublime, un coup de fouet, de la foudre, un éclair. Une ligne continue. C'est pulsionnel et maîtrisé en même temps, une grâce totale, je pense à ces dessins de Hans Hartung à la fin de sa vie, gros coups de pinceaux larges et noirs, énergie pure. Des gestes vrais. L'idée géniale est d'avoir placé l'action en plein jour, en pleine lumière, comme un *Partage de midi* au sein du palais de Mycènes, du coup la tragédie n'est pas imposée dès la première scène. Le pire n'étant pas sûr on voit mieux les détails, les corps des chanteurs et des figurants, les murs lézardés qui baignent dans une lumière d'ambre. Dans la soirée j'hésite à lui envoyer un sms, je ne le fais pas, j'attends sagement le lendemain. Je lui envoie un mail pour le féliciter, il répond tout de suite : Merci Olivier, ça me fait très plaisir que tu aies aimé… Étranges répétitions qui auront toujours été agréables et tranquilles. Probablement grâce à une entente incroyable avec Evelyn Herlitzius, depuis le premier jour. Peut-être aussi parce que l'opéra est magnifique et que je ne le savais pas, pas à ce point. J'aime tout sauf la fin tonitruante. À part ça, la maladie avec les chimios tous les quinze jours me rend paradoxalement très calme… Je t'embrasse, p.

Août 2013, je sais qu'il est à Séville. Je lui ai envoyé le manuscrit de mon deuxième roman quelques semaines plus tôt, je n'ai pas de titre et ça m'énerve, je bloque sur *Le Compagnon secret*, déjà pris. Sans titre j'ai du mal à avancer, c'est comme une ville qui n'aurait pas de nom. Je suis impatient et je ne pense qu'à moi. J'ai envie qu'il me lise et me dise, comme avant, parce que lui je le crois, parce que je sais qu'il est bienveillant et sans complaisance aucune. S'il n'aime pas, il le dira. Et surtout il dira pourquoi. Les semaines passent, je vérifie ma boîte mail plusieurs fois par jour, toujours rien. Je le relance, je viens aux nouvelles. Début septembre il répond enfin qu'il a bien reçu le texte et qu'il l'a imprimé, il dit qu'il a lu certains passages, ajoute qu'il ne va pas bien, qu'il est épuisé depuis *Elektra*, qu'il a besoin de repos, qu'il ne peut pas me lire en ce moment, demande pardon. Il dit qu'évidemment je ne peux pas prendre son titre à Conrad ! Il attire mon attention sur un passage où je parle de vie privée, de cette vie privée, privée de vie, justement. Tiens, *La vie privée*... Sur le moment je ne vois que son refus de me lire, alors je ne réponds pas, je boude, je suis déçu. Même pas un mot gentil ou réconfortant sur son état de santé. Je ne sais pas que c'est le dernier échange que j'aurai avec lui, il meurt le 7 octobre 2013.

Je ne le revis jamais. Mais en moi il reste présent, son affection me manque, celle qu'il avait pour moi, et celle qu'il n'avait pas, et aussi celle que je me reprochais de ne pas avoir pour lui.

Pierre Pachet

Je suis au cinéma quand la nouvelle tombe, je sors du Louxor avec un ami, Nicolas B., c'est le boulevard Magenta, c'était la séance de 18 heures, le dernier film avec Deneuve. Ce n'est pas un chef-d'œuvre mais Deneuve y est tellement Deneuve qu'elle sauve le film. En sortant je rallume mon portable, une vingtaine de messages et autres textos tombent en rafales. Je lis le premier sms... je regarde le second. Je n'écoute pas les autres messages. Froidement je dis à Nicolas : Chéreau est mort. Je ne dis pas Patrice. Nous restons un moment figés sur le trottoir, pétrifiés, hésitants. Je google le nom, après tout ce n'est peut-être qu'une méchante rumeur ? Non, l'AFP a confirmé, France Culture, *Le Monde*, l'Élysée... SMS de Tarik qui demande où je suis, si je sais... Oui, je sais, je te rappelle plus tard. J'éteins mon portable. Avec Nicolas nous étions censés dîner après le film, nous ne savons pas quoi faire quoi dire, nous ne changeons pas le programme, nous allons dans ce restau sicilien que j'aime bien, Les amis de Messina. Le dîner passe très vite, je ne sais plus de quoi nous parlons. Je raccompagne Nicolas chez lui boulevard Rochechouart. On s'embrasse, je le quitte, je décide de marcher un peu.

Nous sommes notre mémoire, nous sommes ce dont nous nous souvenons. Bien sûr, comment être autre chose ? Mais ne sommes-nous pas accompagnés, en même temps, accompagnés, suivis et alourdis par autre chose ? Quelque chose qui serait de l'ordre de la mémoire, mais différent, plus obscur ? Une sorte de mémoire négative, sans visage, sans nom, sans objet. Une mémoire infernale, je ne sais pas, une mémoire plus grande que celle de notre vécu, une mémoire bizarre, qui existerait sans contenu. Je pense à ces choses en marchant sur le boulevard Rochechouart, je brasse ces idées confuses, je m'y perds. Il serait temps de rentrer chez moi, enfin chez moi chez Tarik à Argenteuil. Chez moi c'est où ? Ça n'existe pas chez moi, ça n'a jamais existé. Ce soir comme tout le temps chez moi c'est là où j'ai les pieds posés, nulle part aussi bien. Je marche, je dévisage les gens, je fais des zigzags, des détours. Je m'égare rue de Sofia, rue du Delta, mes pas m'entraînent vers Pigalle.

Dans les graffiti sur les murs je me plais à voir des dessins de Cy Twombly, ça lui aurait plu, des collages dans la rue, la nuit, juxtapositions de mots, de chiffres, de signes. Des dates, un trajet, un parcours. Des choses vues, des points de repère, une manière très enfantine mais très sage à la fois... Je me souviens, je l'avais accompagné à Lyon, il y faisait une lecture de *Coma* de Guyotat puis revenait à Paris le lendemain matin. Nous avions passé une nuit à Lyon. C'est dans le train du retour que nous nous étions mis à parler de nos vies, du passé. Je pense que j'avais dû commencer, la plupart du temps on ne parlait que de moi, c'est ça qui semblait l'intéresser. Mais là non, étrangement il s'était mis à parler de lui. Des images, des dates, comme s'il feuilletait un album à voix haute. Il avait commencé par l'année 59... Tu vois, c'est loin dans le passé, tes parents sont encore des enfants et en France, c'est l'époque de la reconstruction. Il dit qu'il a 16 ans, il est arrivé dans un pays en partie détruit et c'est une chance, le monde est un vaste chantier. C'est la première fois qu'il met les pieds sur un plateau de théâtre, il dit qu'il n'en mène pas large. C'est une audition, *Clitandre* de Corneille, il est devant le groupe théâtral du lycée Louis-le-Grand. Il dit qu'il tremble, qu'il est très mauvais, mort de trouille. On lui donne deux lignes à lire, il n'en restera plus qu'une lors du spectacle. Il pense qu'ils l'ont gardé parce qu'il a fait de l'escrime donc il saura diriger les combats à l'épée. Et puis il dessine bien, dessin et aquarelle, il dessinera les décors. C'est un bon groupe de théâtre, avec une vraie tradition. Il y voit des gens au travail, se modifier par le travail, dans le bonheur. Il dit que c'est à peu près à cette époque qu'il découvre son attirance pour les garçons, il parle d'attirance et de clandestinité, il dit qu'on est très loin des choses de la Gay Pride, on ne prononce même pas le mot homosexualité, c'est plutôt une histoire d'intimité, l'érotisme des fraternités. Le train avance dans la campagne quelque part entre Lyon et Paris, il parle à voix basse, il s'arrête parfois et regarde le paysage défiler. Je ne le coupe pas, je ne pose aucune question, j'attends la suite, j'essaie de tout enregistrer. Il parle du mois de novembre 66, il a 22 ans… Il dirige le Théâtre de Sartrouville et cette année-là il rencontre Richard Peduzzi qui a un an de plus que lui. Richard est d'abord machiniste, puis, à partir de 1967, il sera accessoiriste et costumier. Mais Richard est surtout un peintre, et c'est ça qui lui plaît, il le prend aussitôt comme assistant pour *Dom Juan*. Au début ils signent les décors à deux, puis Richard devient son unique et exclusif décorateur, ils ne se quitteront plus. En juin 67 il monte *Les Soldats* à Sartrouville, qu'il présente au concours des jeunes compagnies au TNP. C'est au moment de la guerre des Six Jours, il écoute les infos tout le temps ainsi que les Moody Blues... Peu de temps après il va être trotskiste pendant quinze jours... *Les Soldats*, c'est le premier spectacle où il a l'impression de disposer d'un monde qui lui soit propre, une vision du monde, impression de commencer à composer une chose personnelle qui a besoin de sortir de lui... Septembre 1973, il a 29 ans et c'est *La Dispute*, Marivaux, beaucoup de folie : vingt-cinq pages de texte pour un spectacle de 2 heures 15 ! Une narration arborescente où brusquement se rejoignent les questions du désir et de l'enfance perdue. C'est le TNP à Villeurbanne, qu'il dirige avec Planchon et Robert Gilbert. Richard est aux décors et Jacques Schmidt fait les costumes. Ça se passe très bien, il est heureux, première sensation de plénitude en créant un spectacle. Il dit que maintenant il sait qu'il est là où il doit être, il fait ce pour quoi il est fait, plus d'hésitation. 1974, première réunion de travail avec Pierre Boulez. Au téléphone il ne comprend pas bien, un festival à Beyrouth ? Mais oui ! Non, Bayreuth, Patrice, c'est Bayreuth en Bavière ! Boulez lui parle de Wagner et du Ring qu'il ne connaît pas. C'est aussi l'année de son premier film, *La Chair de l'orchidée*. Il dit qu'Edwige Feuillère y était magnifique et qu'il se lie d'amitié avec Simone Signoret. Mais il n'est pas content de lui, trop de citations des autres et de Welles en particulier, mais surtout une étrange sensation, désagréable : le tournage ne s'est pas mal passé mais pourtant rien ne va. C'est compliqué, un film, ça tient à peu de choses… Puis il a 32 ans, première année du Ring à Bayreuth. Début des répétitions mais aboutissement de deux ans de travail en amont. Il voit cette période comme un point culminant, un plein de théâtre énorme : quatorze heures de spectacle, des Grecs au romantisme allemand en passant par Shakespeare. Le travail avec Boulez qui lui apprend énormément, sur les œuvres, leur structure, leur durée, leur narration, ce qu'il faut viser. Cinq ans avec Boulez, un savoir partagé… Retour en France, 1979, il a 35 ans et il rencontre Bernard-Marie Koltès qui en a 31. Il lit d'abord deux textes dont *Combat de nègre et de chiens* qu'il montera deux ans plus tard. Pendant les dix années qui vont suivre il découvre qu'un metteur en scène ça sert d'abord à monter des auteurs contemporains. À la mort de Koltès, l'envie de théâtre s'affaiblira beaucoup. Il lui faudra attendre Fosse pour que le désir revienne. L'année suivante il voyage à Prague pour le procès de Vaclav Havel. Il est arrêté, reconduit à la frontière au petit matin après avoir été interrogé, au trou pour la nuit ! Ça lui était déjà arrivé pendant la guerre d'Algérie mais là, dans le bureau de l'officier tchèque qui l'interroge, il y a une photo de Staline et une autre de Dzerjinski, qui se souvient de Dzerjinski ? Lugubre découverte des pays de l'Est, une lumière et une épaisseur dans l'atmosphère qu'il n'oubliera jamais... Mais très vite c'est tout le contraire, 1982, en France la gauche est au pouvoir, il a 38 ans, c'est une année folle. Il commence le travail à Nanterre avec Catherine Tasca, Alain Crombecque, Pierre Romans, André Engel et Richard. Puis c'est le tournage de *L'Homme blessé*, le travail avec Hervé Guibert, réconciliation avec le cinéma. C'est son troisième film et en même temps c'est comme son premier, produit par Claude Berri. Le printemps est cinglé : formation du premier groupe de l'École de théâtre, première mise en scène de Koltès puis *Les Paravents* de Genet au moment même où *L'Homme blessé* est en compétition à Cannes. Toute la période aux Amandiers de Nanterre sera ensuite comme ça : un tourbillon, une énergie folle, pendant huit ans. Les acteurs croisaient les élèves, les metteurs en scène les auteurs et les spectateurs... comme une utopie devenue réalité... Au mois de mars 87 il rencontre Pascal Greggory, très important dans sa vie. Il dit : Pascal, je l'ai aidé, et il m'a aidé... Son père meurt en juin 1988, pendant les répétitions de

Hamlet. Jean-Baptiste Chéreau est un homme qui aura travaillé tout le temps, qui aura peint sans arrêt. Un jour, il s'arrête, sans être apparemment malade, et six mois plus tard il meurt. Beaucoup de morts en ces années difficiles, entre 1988 et 1991. Mort de Koltès en 89, à 41 ans... Hervé Guibert en 91, à 36 ans. Des morts du sida, parmi des milliers d'autres. La mort de Pierre Romans, en 91 également, une crise cardiaque à 40 ans. Sensation de vivre à 45 ans l'expérience d'un homme de 60 : il voit tous ses amis disparaître. Il dit qu'il aurait pu les suivre... Enfin 1994, il a 50 ans, il passe trois jours à Sarajevo pendant le siège de la ville. Il est très impressionné par la capacité de survie des hommes. C'était un 31 décembre : ils tenaient, ne lâchaient rien au milieu d'un monde qui les avait abandonnés. Un ghetto en résistance. Il y eut une projection de *La Reine Margot* là-bas, en plein siège... Trois ans après, il réalise *Ceux qui m'aiment prendront le train*, un film très personnel... On va bientôt arriver, il dit: assez parlé de moi, tu ne veux pas boire quelque chose ? Allez, viens, on va au bar...

La voix s'éloigne, je m'engouffre dans le métro, j'achète un billet, je valide, je regarde le plan comme un touriste. Ligne 12, à droite Aubervilliers, à gauche Mairie d'Issy. Je regarde le panneau de cette vieille ligne 2 qui va de Nation à Porte Dauphine… Demi-tour, je ressors, besoin d'air frais, de la foule qui grouille, des corps qui se bousculent. Je marche encore, je passe devant des vitrines, devant le Moulin Rouge, je me remplis de lumières artificielles : petits pans de néon jaune. Je fais encore demi-tour. Je m'arrête devant le cinéma Atlas, je fais du sur-place, je piétine, j'hésite mais je me lance. Je donne les 8 euros, j'entre dans ce théâtre qui joue 24 heures sur 24, toujours la même pièce, celle du sexe désolé, celle de la grande solitude des corps sans paroles. Je m'installe dans la salle des pornos hétéros. Il est mort. Donc il est mort et ne m'a pas dit Je vais mourir, il est mort et il ne m'a pas dit Je suis en train de mourir, il est mort et il ne m'a pas dit Je suis mort. Qui était avec lui quand il a rendu son dernier souffle ? Je n'ai pas le droit de me poser cette question, moi je suis cette chose qui n'est plus si jeune dans ce cinéma à Pigalle, ce mec venu se couper du monde, qui trompe son amoureux et ne veut pas rentrer chez lui, qui se met à l'abri de la vie, du deuil, de l'émotion, des appels des amis cherchant les informations de première main. La nuit se referme sur moi.

Place Saint-Sulpice, 16 octobre 2013. J'ai hésité à venir puis je me suis dit que je regretterais de ne pas être venu, ne pas venir aurait été une manifestation d'orgueil, une façon de me démarquer, un manque d'humilité. Foule dense, compacte, dehors et dans l'église. Visages fermés, photographes, du monde partout, dans les contre-allées, sur les marches. Des parapluies et du silence, deux camions de télévision sont garés rue Bonaparte, des curieux stationnent devant le Café de la Mairie. Service d'ordre en uniforme et fourragères rouges, il faut décliner son identité pour entrer, on vous colle alors un post-it de couleur, chaque couleur correspondant à une certaine zone dans l'église. On attend le Président de la République, il y a des ministres, des anciens ministres, des gens de toute l'Europe, acteurs, artistes, ceux qui l'ont aimé. L'homme que l'on célèbre, à qui l'on dit adieu, ce grand artiste, qui était-il, je veux dire vraiment ? Celui que j'ai connu ou un autre ? Je ressens quelque chose de froid dans le dos, ce n'est pas exactement de la tristesse, je ne pleure pas, pas plus que je n'aie pleuré lors de la lecture de *La Douleur* six ans plus tôt, est-ce que je devrais pleurer ? Je me trouve une place vers le fond, contre un pilier, dans la zone qui m'est attribuée, post-it jaune. Je regarde les colonnes grises, les dizaines et dizaines de têtes, le grand orgue derrière, la chaire dorée sur la gauche. Je reconnais une dame aux cheveux blancs, recueillie, au bord de l'allée, respirant le calme et la modestie, Ariane Mnouchkine. Le cercueil fait son entrée sur une marche de la Semaine Sainte, la musique est diffusée dans des haut-parleurs.

Je repense à ce jour où nous avions déjeuné dans le quartier, il sortait d'un rendez-vous à l'Odéon, dont il était content, il semblait en pleine forme, le cancer était loin. Après le café il me propose de l'accompagner, j'ai quelque chose à te montrer, dit-il. Il marche vite, je le suis, nous entrons dans cette même église Saint-Sulpice, nous prenons sur la droite, vers la petite chapelle, il s'arrête et pointe son doigt : C'est Delacroix, *La Lutte de Jacob avec l'Ange*, tu connais ? En fait non, je ne connais pas et ma réponse négative l'enchante. Il a l'air heureux devant la peinture murale, presque fier. Nous restons immobiles à contempler, à détailler la fresque, plantés dans la pénombre, je ne sais pas quoi dire. C'est lui qui parle : Tu vois la position des corps, le mouvement entre les deux ? Je dis oui, je dis que je vois une sorte de tango, presque une de ces torsions comme chez Bacon. Il m'explique que Delacroix a peint cette œuvre à la fin de sa vie, deux ans avant sa mort, contre la vieillesse, avec ses dernières forces. Il dit : Regarde, l'ambivalence, les choses les plus belles sont souvent ambivalentes, c'est à ça qu'on les reconnaît. Regarde, l'Ange est presque vaincu, toute la puissance de Jacob s'abat sur lui. Ils ont lutté toute la nuit et là c'est le petit matin. L'Ange fait un dernier effort, il lui reste cette prise un peu vicieuse, soulever la cuisse de Jacob au point de la déboîter. Mais regarde, c'est une étreinte en même temps, regarde le calme et la douceur dans le visage de l'Ange, ce contraste, on ne voit dans le visage de l'Ange que douce résistance, tendresse, patience. C'est un combat mais l'Ange accueille Jacob dans le creux de ses bras... À voix basse dans l'église je lui demande s'il croit que l'Ange c'est Dieu. Il répond du tac au tac : Non, ce n'est pas ce que je dis. Et tu sais bien que je suis un mécréant. L'Ange ça peut aussi être soi. Même si nous sommes Jacob, l'Ange peut aussi être nous. Mais regarde, il y a autre chose. Tu crois que le sujet du tableau c'est le combat de Jacob avec l'Ange ? C'est le titre. Mais regarde bien : ils ne prennent qu'une toute petite place sur la terre, en bas à gauche. Tu as remarqué ? Ceux qui occupent tout l'espace, qui font presque toute la composition ce sont les trois grands arbres avec leurs feuilles. Corps de la vie, il voulait justement un grand arbre pour sa prochaine mise en scène. Il rêvait que les jeunes acteurs grimpassent et jouassent dans les branches, lol, il imaginait que l'arbre aurait pu lentement bouger au-dessus des spectateurs, comme un frémissement, des bras qui se tendent, qui abritent, qui accueillent, protègent et menacent. Il voyait ça dans les travées d'un dispositif bi-frontal prévu pour les Ateliers Berthier. La vie des hommes qui se battent, qui s'agitent en bas à gauche, la vie de l'homme qui lutte contre lui-même, sur la terre ferme, avec ses histoires toujours les mêmes, le venin de la jalousie et les amours vieilles comme le monde. Et le vivant qui fait toute la composition, le vivant qui ne dit rien, ne commente pas, tellement vaste, immuable et silencieux qu'on ne le voit plus, la plupart du temps. Mais il est là. Il n'y a que lui si on réfléchit bien, si on ouvre les yeux, le vivant et le temps. Le tictac du temps, qui bute contre l'écorce des arbres. Il faut être compatissant, toute personne rencontrée mène un rude combat.

Je marche dans Paris, je laisse mes pas me conduire au Père-Lachaise. J'ai hésité, quand on ne prie pas qu'est-ce qu'on vient faire sur une tombe ? Je suis venu voir. La dernière demeure, le point de sortie. Me rapprocher du corps, ce qu'il en reste. Je sais qui j'ai perdu, je ne sais pas, quoi. J'ai apporté une bouteille de vodka et deux verres. Sur le moment ça m'est apparu comme une bonne idée, une idée jolie, mais là, dans ce cimetière bien réel, je trouve cette mise en scène un peu grotesque. Je marche, j'ai du mal à trouver l'allée dans laquelle il repose. Je longe les avenues, les voies, je me perds. Je passe deux ou trois fois devant la tombe de Musset, un saule vient comme pleurer au-dessus d'elle, à moins que ce ne soient les longs cheveux d'une jeune fille pleine de désir ? Je finis par croiser un gardien, je demande. Le type répond 16e division, c'est pas compliqué, suivez les gens, il est juste derrière Jim Morrison. L'indication m'amuse, je me dis que ça continue, il ne manque pas de beauté. La tombe en elle-même est simple, presque désolée, une plaque de ciment, son nom, deux dates : 1944-2013. Quelqu'un a déposé un petit olivier dans un pot en plastique, un petit bout de Séville je me dis. Je me sers un verre, je bois, voilà, c'est con. L'alcool non partagé n'a pas le même goût. Elle est amère cette vodka, elle ne réchauffe plus la gorge, pauvre alcool de patate, blanc transparent, fade. Je me fais une promesse : ce verre sera mon dernier verre de vodka, je ne boirai plus de cet alcool. Je reste un moment comme ça, debout, intimidé par son silence, ça ne lui ressemble pas de se taire à ce point. Je suis là et je ne sais pas si je pense. J'ai envie de toucher la tombe mais je n'ose pas, quelque chose me retient, une sorte de honte, je reste encore quelques minutes puis je décide de m'en aller. Je repasse devant la tombe de Musset, je m'attarde, je fais quelques photos. Puisque je suis là j'en profite pour aller sur la belle tombe de Proust, élégant rectangle de porphyre ou de marbre noir, close comme un achèvement, une réussite. Je me demande alors si je l'ai aimé, Patrice ou Chéreau, Patrice Chéreau ? À quel point m'aimais-je moi-même en train de l'aimer, quel était le degré exact de narcissisme et de revanche sociale ? Zone incalculable de narcissisme… Au théâtre, je me souviens, il y a longtemps au Cours Florent, j'avais un prof qui était un grand sage. Un jour le prof a dit que le secret quand on joue c'est d'arriver à ne plus se voir, ne plus s'entendre, ne plus s'appartenir. Le talent = ne pas se regarder en train de faire, s'abandonner.

Après tout, le reste n'est que de la technique, du solfège. Est-ce que je l'ai seulement connu ? Est-ce qu'il m'est arrivé de le regarder sans me regarder moi à ses côtés ? À Séville peut-être, quand nous nous sommes souri devant le Christ de Zurbarán ? Quand sait-on que l'on connaît les gens, à partir de quand peut-on affirmer qu'on les a vraiment aimés ? Mes interrogations sont vaines et lourdes et elles font du mal, qu'elles se taisent à jamais. Je les pose avec la bouteille de vodka et les deux verres sur une tombe abandonnée recouverte de mousse verte. Que l'alcool s'évapore derrière moi. Je m'en vais, je quitte le cimetière. J'appelle Tarik, envie d'entendre la voix de Tarik, la voix de la vie. Il faut être compatissant, toute personne rencontrée mène un rude combat, disait-il. Toute personne.

L'auteur remercie tout particulièrement Jean-Philippe Cazier, Sarah Chiche, Annie Ernaux, Lise Grand Colas, Emmanuel Lagarrigue, Pierre Thibault-Nivromont et Thierry Thieû Niang.

CHEZ LE MÊME ÉDITEUR

Marc Augé, *Rêves du jour et de la nuit*

René Char, Nicolas de Staël, *Correspondance (1951-1954)*
Avant-propos d'Anne de Staël
Notes établies par Marie-Claude Char

Georges-Olivier Châteaureynaud, *Résidence dernière*

Mercedes Deambrosis, *L'étrange apparition de Tecla Osorio*

Patricia Emsens, *Retour à Patmos*

Annie Ernaux, *L'Atelier noir*

Arlette Farge, *Un ruban et des larmes. Un procès en adultère au XVIIIe siècle*

Stéphanie Hochet, *Sang d'encre*

Tahar ben Jelloun, *Au seuil du paradis*

Nathalie Kuperman, *Le Contretemps*

Marie-Hélène Lafon, *Chantiers*

Océane Madelaine, *D'argile et de feu*

Eduardo Manet, *Quatre villes profanes et un paradis*

Éric Nonn, *Là-bas, ils ne tuent pas les oiseaux dans le ciel*

Pascal Ory, *Grande Encyclopédie du presque rien*

Pascal Ory, *Vie de Damoclès. Fragments*

Ouvrage collectif, *Poètes en majesté à Versailles*, préface de Denis Podalydès

Chantal Pelletier, *À cœur et à Kriss. Journal d'une amitié*

Chantal Pelletier, *Signoret ou la traversée des apparences*

Alejandra Pizarnik, *Correspondance avec León Ostrov, 1955-1966*

Marcel Proust, *Le Mensuel retrouvé, précédé de « Marcel avant Proust » de Jérôme Prieur*

Henri Raczymow, *D'un écrit vain*

Jean Rouaud, *Évangile (selon moi)*

Laurence Tardieu, *L'Écriture et la vie*

Tiffany Tavernier, *Comme une image*

Achevé d'imprimer
en juin 2016
sur les presses
de l'imprimerie France Quercy à Mercuès
Numéro d'impression : 60579
Dépôt légal juin 2016